E 12. A

Extraña forma de vida

Enrique Vila-Matas

Extraña forma de vida

EDITORIAL ANAGRAMA
BARCELONA

Portada:
Julio Vivas
Ilustración: «Monsieur X dans la chambre d'hôtel», detalle,
Sergio Ceccotti, 1987

Primera edición: febrero 1997
Segunda edición: abril 1997

© Enrique Vila-Matas, 1997
© EDITORIAL ANAGRAMA, S.A., 1997
Pedró de la Creu, 58
08034 Barcelona

ISBN: 84-339-1048-5
Depósito Legal: B. 15024-1997

Printed in Spain

Liberduplex, S.L., Constitució, 19, 08014 Barcelona

A Paula de Parma

En amor hay dos clases de constancia: una nace de la cobardía, de nuestro temor a la soledad o la aventura; la otra se debe a que nos enorgullece ser constantes.

MANUEL DA CUNHA,
El espía de la calle Lisboa

Al despertar, a esa hora agradable en que se sueña y se espía el día, nada más abrir los ojos, lo primero que vi fue sencillamente memorable, una imagen del todo extraordinaria: nuestro hijo Bruno estaba sentado en la cama, nuestra cama, junto a su madre dormida, y miraba en silencio con ojos desorbitados hacia las lágrimas de cristal de la lámpara del techo, miraba y de vez en cuando, de una manera infinitamente seria, se reía.

Acostumbrado como yo estaba a que hundiera siempre la mirada en el suelo, aquello me pareció tan raro que se me escapó un grito casi de pánico y desperté a Carmina. Creo que debería haber intuido ya en ese mismo momento que el día que nacía iba a resultar memorable. Porque, al cabo de un segundo, inolvidable fue también la reacción de Carmina, que de inmediato le quitó hierro al asunto y, mientras peinaba al niño con raya en medio y mucha gomina, me reprochó que le tuviera tanta pero tanta manía a

Bruno. También su reacción se escapaba de lo normal, y ya digo, debería haber sospechado que el día se presentaba raro, pues como en el fondo ella también odiaba a Bruno resultaba extraño, muy fuera de lugar, su reproche, que sonaba más bien a un desaforado ejercicio de cinismo. Nunca hasta aquel día me había reprochado mi inquietud ante la conducta del niño anómalo, nuestro cenizo hijo de la mirada nula.

Si inquietante era preguntarse qué espiaba Bruno en el suelo, más lo era despertarse y de pronto, por vez primera en su vida, verle con la mirada extasiada en las alturas. Como sin duda era inquietante también la extraña reacción de Carmina, a la que decidí no contestar. Me quedé aguardando a que se fueran los dos a la calle, algo que sabía que los pobres no tardarían nada en hacer, siempre con sus habituales rictus malhumorados de esa hora −la misma en la que, a diferencia de ellos, solía yo soñar y espiar de forma agradable el día−, Carmina a su trabajo de horario intensivo en la secretaría del Museo de la Ciencia, y él en busca de esa «señorita acompañante» que, junto con otros colegiales del barrio, le dejaba en la puerta de esa escuela en la que, cuando no inventaba fantasías en voz alta, se dedicaba a la obsesiva −a veces parecía que necia− tarea de hundir su mirada en el suelo.

Se fueron y me dejaron tranquilo, y a las ocho de la mañana, como de costumbre, ya estaba afilando lápices y perfilando ideas con destino al artículo periodístico que escribía a diario y con el que me divertía siempre como un loco, pues ese tipo de textos en los que con cierta osadía me lo inventaba todo y que no tardaba nunca más de media hora en escribir, me compensaban con creces de las rigurosas leyes del realismo social a las que había sometido mi trilogía novelística sobre las vidas de la gente de mi calle, la gente de la calle Durban: un tríptico muy realista sobre mi vecindario, sobre los desheredados de la vida, sobre los muertos en pena, sobre las almas humildes de la calle Durban, sobre los humillados y ofendidos, sobre los desgraciados, sobre *los de abajo*.

Terminado como de costumbre el artículo con esa tristeza que sentimos al final de las mejores fiestas de nuestra vida, pasé a ocuparme –con un repentino e inesperado achaque de pereza– de mi trilogía. Andaba todavía por el cuarto capítulo del segundo volumen, un capítulo en el que me había quedado ligeramente estancado y que se ocupaba del personaje de Vicente Guedes, el barbero de la calle Durban, un hombre que había visto morir atropellados a su mujer y a su hijo, un individuo muy hermético sobre el que llevaba varios días investigando sin apenas lograr averiguar algo acerca de su vida trágica, lo que en mi desesperación me había llevado al despropósito de medio inventármela. Era Vicente Guedes un hombre poco dado a desvelar sus intimidades y otras desgracias y me tenía desquiciado con su casi radical mutismo a pesar de las muchas preguntas que le había estado haciendo en los últimos días en mis reiteradas visitas a la barbería, siempre con la excusa de que se había estropeado mi máquina de afeitar y no me decidía a comprar otra.

Escribí –en gran parte especulé– sobre la vida de Vicente Guedes hasta las once y media. Solía trabajar siempre en la trilogía hasta esa hora, que era cuando realizaba un primer alto en el trabajo y bajaba a buscar la correspondencia y a comprar los periódicos en el quiosco que se hallaba al final de la calle Durban. Pero ese día, al ir a abrir la puerta del piso, vi que alguien había dejado debajo de ella una carta. Sorprendido, intrigado –aún más de lo que lo había estado, hacía unos instantes, mientras evocaba sin parar la enigmática cara del barbero, con su permanente expresión rígida que recordaba a un espasmo de dolor–, me agaché para recoger esa inesperada carta y entonces mi sorpresa se incrementó cuando reconocí la letra redondilla, inconfundible, de Rosita.

En su breve carta cruel me anunciaba que iría por la noche a mi conferencia de la calle Verdi sobre «la estructura mítica del héroe», pero que sería la última vez que la vería en cinco o seis años ya que, en vista de que no quería fugarme con ella, se iba con su marido farmacéutico a montar una farmacia nueva fuera de Barcelona. Terminaba así: «Insisto. Habría sido magnífico fugarnos, pero tú eres un cobarde, y prefieres quedarte con Carmina y el niño horrendo. Allá tú. Iré a tu conferencia porque así te lo prometí, pero en cuanto hayas terminado de marearnos a todos con lo de la estructura mítica del héroe, vaya rollo, créeme que desapareceré de tu vista como ya hice hace cinco años, y serán otros cinco o seis los que estarás sin verme, mi querido charlatán nocturno. Qué mal lo pasarás sin verme, todos tus días serán como hoy, como esta mañana: yo, por ejemplo, en la puerta de tu casa, y tú sin enterarte ni poder verme. Muy cerca el uno del otro, pero también más lejos imposible.»

Siempre que sucede algo muy serio en mi vida suelo tener una primera reacción misteriosamente idiota y absurda. Y ese día, esa mañana de invierno, no fue la excepción. Al terminar de leer aquella carta, me agaché de nuevo, esta vez tontamente, me agaché como un sonámbulo para recoger una migaja de pan que finalmente no recogí al acordarme de pronto de la era de los dinosaurios, de cuando los días tenían sólo veintitrés horas. Durante unos segundos, que me parecieron interminables, permanecí así, completamente alelado, cerca del suelo y de la prehistoria, hasta que por fin volví a la realidad, a mi trágica conciencia de aquella mañana invernal.

Rosita me dejaba, y era seguro que hablaba en serio, y aquello era algo que difícilmente iba yo a poder soportar, pues me había hecho grandes ilusiones, tras su repentina y perversa reaparición, de volver a verla con frecuencia, de poder volver a tenerla como amante y seguir espiándola como en los viejos tiempos, como en los días aquellos en los que dejaba que la mirara como un enfebrecido en nuestro secreto cuarto de hotel y me encendía un cigarrillo y, sonriendo, tocaba mi exagerada nariz

–nunca he podido acostumbrarme, todo el mundo me llama Cyrano, y a mí me duele– y en gesto cariñoso la restregaba y luego me decía que era yo un *voyeur* de la hostia. Pero estaba claro que con aquella carta de mensaje tan radical todos mis proyectos se desmoronaban, pues no se me escapaba que iba a ser muy difícil evitar que me dejara de nuevo y por mucho tiempo –un consuelo era que, al menos, no me dejaba como a los otros hombres, a los que abandonaba para siempre, pero eso sólo era un triste consuelo–, por muchísimo tiempo, cinco o seis años, casi una eternidad. Nada podía yo hacer para evitarlo. Podía abordarla antes de la conferencia y de rodillas suplicarle que no me abandonara por tanto tiempo, pero yo sabía que todo cuanto hiciera resultaría inútil, pues evitar que ella desapareciera pasaba exclusivamente por hechos, no por súplicas o palabras; pasaba por dejar aquel mismo día a Carmina, que era precisamente lo único que no estaba dispuesto a hacer para conservar a Rosita, una consumada especialista en abandonar a sus hombres, tres divorcios y una multitud de antiguos novios errando por el mundo al borde del suicidio. Al farmacéutico no me cabía duda de que le ocurriría lo mismo, sería abandonado en menos de un año, pero eso no cambiaba nada, porque lo que también era seguro era que, buscando castigarme –al menos a mí, a diferencia de los otros, sólo me castigaba, me permitía albergar esperanzas de volver a verla–, cumpliría a rajatabla su promesa de hacerse invisible cinco o seis años. Y para qué engañarse, si me fugaba con ella, no iba a durarle mucho, le encantaba quitarles a las mujeres sus maridos para luego a éstos, al poco tiempo, mandarlos al infierno. Carmina era lo contrario, me había jurado amor eterno, y seguro que iba a ser fiel a su promesa, el día de nuestra boda me dijo una frase que nunca olvido: «Quiero morirme contigo.» De modo que lo mirara por donde lo mirara, y mirar siempre he sabido mucho, lo tenía yo muy mal, y en realidad sólo me quedaba la posibilidad de fascinar a Rosita con palabras, con mis palabras en la conferencia. Aunque de cualquier forma no iba a evitar la separación, al menos conjuraría el olvido, pues el silencio de años que seguiría a mi charla nocturna en la calle Verdi quedaría lleno de palabras sueltas de mi conferencia o, al menos, del eco desesperado de las mismas.

Comprendí pues que sólo quedaba una cosa por hacer y que ésta era actuar como una vulgar Scherezade, como un iluso charlatán que, engañándose a sí mismo, creyera que era posible detener el tiempo y suspender la sentencia de Rosita, conmoverla a fondo con mis palabras y que el eco de las mismas la acompañara, como un rumor cálido y secreto, a lo largo de los muchos años que estaríamos sin vernos.

Por muy patética que ésta fuera, no tenía yo mejor alternativa. De modo que, sin pensarlo ya más veces, decidí que prepararía una conferencia radicalmente opuesta a la prevista y en la que, tras mandar a paseo la estructura mítica del héroe, hablaría de algo que fuera más ameno y pudiera resultar hasta atractivo a Rosita. De cómo, por ejemplo, me había pasado la vida espiando a todo el mundo. Hablaría de esto y de lo parecidos que son los espías y los escritores y de cómo tanto los unos como los otros siempre miraron, siempre escucharon, siempre se movieron y se perdieron por situaciones embrolladas y extraños sucesos en busca de una idea que acabara dando sentido a todo.

Proyecté un prólogo intelectual para la conferencia. Me dije que, por si acaso el repentino cambio de tema no convencía al público ni a los organizadores, revestiría mi conferencia de seriedad –algo que todavía hoy, por sorprendente que parezca, sigue siendo imprescindible en este tipo de actos– y la abriría con un prólogo muy sesudo, enormemente intelectual, que hablaría, por ejemplo, de lo endogámicas que fueron siempre las relaciones entre espionaje y literatura. Pensé que esto quedaría muy bien, pues siempre ha tenido prestigio ser riguroso, o al menos parecerlo. Retrasé mi salida a la calle Durban, volví a mi escritorio con la idea de poner manos a la obra, en este caso manos al prólogo riguroso. Busqué durante rato el tono prestigioso adecuado sin hallarlo, hasta que caí en la cuenta de que no lo encontraría nunca por la sencilla razón de que yo no tenía nada de intelectual. Después de todo, mi conferencia sobre «la estructura mítica del héroe» –esa charla que venía repitiendo desde hacía años cada vez que me invitaban a dar una– la había copiado íntegramente del libro de un intelectual portugués, Manuel da Cunha. Decidí hacer algo parecido con mi prólogo riguroso y fui en busca de las brillantes elucubraciones que un colega de mi edad había dedicado al tema en un artículo que yo guardaba, desde hacía tiempo, entre las páginas de una de sus más celebradas novelas.

Mientras me tomaba un café en la cocina, fui aprendiendo de memoria las mejores frases del artículo de mi colega, un novelista de cierto nivel intelectual aunque de baja estatura física, un hombre en verdad diminuto, lo que le llevaba muchas veces a ser pedante y a tener todo tipo de conductas anticuadas para llegar a ser, lo más pronto posible, académico.

Aprendidas de memoria sus frases más inteligentes, me dije que, de cualquier forma, para actuar desde el principio de la conferencia con una absoluta seguridad en mí mismo, lo mejor sería que las primeras frases que pronunciara en la sala de la calle Verdi fueran de mi cosecha propia y que sólo detrás de éstas, en el momento que me pareciera más oportuno, surgieran, reforzando intelectual y espectacularmente mi discurso, las palabras del otro.

Tras decirme esto, me quedé largo rato –lo juzgué más que necesario– odiando con todas mis fuerzas al colega brillante y anticuado, tratando de borrar para siempre de mi cerebro sus sucias y molestas huellas, tratando de engañarme a mí mismo y convencerme de que las frases que había memorizado siempre fueron mías, rigurosamente mías.

Cuando tuve la casi absoluta certeza de haber conseguido este objetivo, proyecté abrir la conferencia con estas palabras: «Señoras y señores, he venido hasta aquí esta noche, a este histórico local de la asociación de vecinos de la calle Verdi, para confesarles que me he pasado la vida espiando a todo el mundo, lo cual no tiene por qué sorprenderles mucho, pues la condición de espía es inherente a la de escritor. Sobre las relaciones endogámicas entre literatura y espionaje girará, a modo de rumor de fondo, mi conferencia. De modo que no hablaré para nada del tema previamente anunciado, pues poco antes de entrar en esta sala he enviado al héroe clásico a pasear por el Callejón del Gato.»

Se me ocurrió que en ese momento sería muy oportuno hacer una breve pausa y, con la fiereza propia de mi mirada, pasar revista al público, espiarlo minuciosamente, casi asustarlo, para acabar centrándome en Rosita y dedicarle una mirada amable y continuar así: «Quisiera empezar hablándoles de cómo he espiado a los artistas. No sé si se dan cuenta de que también ustedes lo hacen a menudo, pues sin ir más lejos están ahora espiándome a mí, que soy un artista. Un artista, señoras y señores, que si algo tiene claro en este mundo es el hecho indiscutible de que literatura y espionaje han formado siempre un matrimonio indisoluble. Basta que nos fijemos en lo que pasa, por ejemplo, con las novelas. En ellas espía el autor y espía también el lector, espía todo el

mundo. El autor, porque mientras escribe la novela va descubriendo sobre él tantas cosas que antes ignoraba, que no para el pobre de espiarse todo el rato a sí mismo.»
Proyecté otra mirada general al público para después volver a concentrarme en Rosita y continuar así: «Este autor, cuando termina la novela, la presenta como una ficción, pero el lector está en su perfecto derecho de sospechar que hay un fondo de verdad en lo que se cuenta, y se pasa toda la novela espiando muy de cerca al autor, tratando de desenmascararlo, aguardando el momento ideal para saltar como un tigre sobre él y decirle que lo siente pero que ya le ha cazado y que ahora ya sabe perfectamente que eso que le había presentado como una verdad fingida no era más que una verdad como un templo.»
Proyecté, llegado a este punto de la introducción o prólogo, dar un ejemplo de serenidad y de gran gobierno sobre mis nervios bebiéndome con lentitud el vaso de agua que sin duda los vecinos de la calle Verdi no habrían olvidado colocar sobre mi mesa de sufrido conferenciante. Bebida el agua con toda parsimonia –operación siempre difícil porque los demás, como no beben, le observan a uno en inquietante silencio y sin perderse el menor detalle–, pensé que lo ideal sería continuar así: «Sí, señoras y señores. Muchos lectores buscan esto en las novelas, mientras que son más bien raros los casos de lectores que no se han sentido nunca obligados a ser espías del autor. Es más, lo realmente

habitual suele ser que los lectores se sientan obligados a ser espías por partida triple: espías de lo que se cuenta y de lo que no se cuenta, y también espías de sí mismos mientras espían ambas cosas. Por no hablar de los autores que, para escribir sus novelas, han tenido que salir a la calle a espiarlo todo, sobre todo las vidas ajenas, lo que explicaría en gran medida por qué los autobuses o los metros de las grandes ciudades tienen a veces extraños pasajeros: escritores que, a la busca de material de primera mano para sus historias, se dedican a espiar disimuladamente las conversaciones de los viajeros.»

Me pregunté si sería pertinente, llegado a este punto, dar una explicación algo más profunda de por qué había tantos escritores viajando en autobuses o en metros por las grandes ciudades. Me imaginé diciéndoles: «Todos nosotros, los que contamos historias, somos espías, mirones. La vida es demasiado breve como para vivir el número suficiente de experiencias, es necesario robarlas.»

Lo pensé durante un buen rato y finalmente decidí que esto último no lo diría, porque era una frase quizás demasiado sutil para Rosita, que a esas alturas de la conferencia, pasado el momento inicial de sorpresa y deslumbramiento ante mi capacidad de reflexionar en voz alta sobre cuestiones tan intelectuales, podía empezar a aburrirse y a sentirse incómoda y a plantearse incluso la posibilidad de abandonar la sala mucho antes de lo previsto.

Decidí que daría por terminado aquí el prólogo.

Lo bueno, si breve, dos veces bueno. Pensé que,

además, lo mejor sería no exagerar en mi tímida pero en el fondo algo arrogante exhibición de intelecto, pues me pareció evidente que, si continuaba por mucho tiempo hablando como si estuviera zambullido en una levita, Rosita terminaría por sospechar que toda mi conferencia iba a ser muy académica y, además, un posible y escandaloso plagio.

Dejé la cocina y volví a mi escritorio a seguir tomando notas sobre lo que diría por la noche en la calle Verdi. Me dije que, tras el prólogo, lo mejor sería un prudente cambio de ritmo, una rápida maniobra de distracción que diera paso a un paréntesis frívolo que casi seguro habría de divertir a Rosita, que tan aficionada era, ella y su alma ligera, a discursos próximos a la estúpida realidad que escupían a diario los informativos de la televisión.

Pensé que lo mejor sería hacer una ligera concesión y descender directamente a lo más prosaico y enlazar mis palabras introductorias con los comentarios a una noticia que el día anterior había recortado del periódico y que hablaba de la tremenda psicosis de espionaje en la que vivían sumidos, por aquellos días, muchos ciudadanos españoles.

Fui en busca de ese recorte y, al releerlo, vi que no podía ser más perfecto para lograr el efecto escénico que andaba buscando y que consistía simplemente en arrancar dos o tres suaves carcajadas de Rosita, que posiblemente además se adelantaría –como en ella era costumbre cuando yo contaba algo gracioso en público, un chiste por ejemplo– a todo el mundo a la hora de reír, con lo que involuntariamente se convertiría en mi mejor aliada a la hora de conseguir que la conferencia fuera circulando por parajes de éxito.

Hablaba el recorte de una cadena de tiendas que habían surgido en Madrid y Barcelona llamadas El Hogar del Espía, y donde se vendían, entre otros productos para el contraespionaje, microcámaras que podían camuflarse en una planta o en moscas falsas, en una corbata o en el collar de un perro, y cuyo tamaño era el de la punta de un bolígrafo; cambiadores de voces, algo especialmente apropiado para mujeres que vivieran solas, pues convertían la voz femenina en masculina o en la de un orangután; centrales de escucha para empleados díscolos, etcétera.

Imaginé las dos o tres carcajadas suaves de Rosita, y eso me dio muchos ánimos para continuar. En ese momento sonó en el pasillo el teléfono. No tenía ganas de que alguien me encargara algún otro artículo o me propusiera asistir a algún taller literario o me ofrecieran otra conferencia. Cada día me sentía más reacio a aceptar aquellos trabajos tan mal remunerados que yo, llevado por una estúpida timidez, no me atrevía nunca a rechazar. Dejé que sonara el teléfono y que el contestador automático se encargara de revelarme las enojosas intenciones de la persona que me llamaba. Entonces noté que estaba muerto de hambre y, al ir a la cocina a prepararme unos huevos revueltos con tostadas, oí la voz de Carmina en el contestador preguntándome si estaba allí. Lo preguntó tres veces.

Saciada mi repentina hambre, regresé al estudio y volví a imaginar las dos o tres carcajadas suaves de Rosita y pensé que, de producirse éstas, la mejor manera de seguir manteniéndola atenta sería pasar a hablar directamente de ella, y hacerlo buscando un episodio de su vida que fuera de lo más amable, de cuando, por ejemplo, vivía y trabajaba en Milán y yo estaba en Barcelona y, a pesar de la distancia, presentíamos que seguiríamos siendo amantes y, para confirmar esa sospecha, nos citamos en Antibes un día siete de febrero, a mitad de camino entre nuestras respectivas casas, a ocho horas exactas de tren tanto para ella como para mí.

Le contaría al público cómo nos citamos para espiarnos el uno al otro, para confirmar nuestra común sospecha de que seguíamos enamorados. Y contaría también cómo a las siete de la mañana de aquel siete de febrero, al llegar a la estación de Antibes, supe que el tren procedente de Milán llegaba con un retraso de dos horas y, para no pasarlas en la fría y aburrida estación, decidí ir andando hacia el pueblo y realizar una primera visita de inspección.

Mis pasos, aquella mañana de febrero, me dirigieron hacia el Café de la Paix, un bar que –acababa de leerlo en el tren– nunca en la vida había hecho honor a su pacífico nombre, un bar nocturno que tenía la costumbre de cerrar al mediodía, un bar monstruoso que llevaba meses despertando las iras de todos los vecinos de los inmuebles cercanos, especialmente la de un vecino muy famoso llamado Graham Greene, habitante de Antibes que en más de una ocasión había perdido totalmente la paciencia y arrojado todo tipo de objetos contra los clientes del bar, llegando incluso al extremo de utilizar un día, como arma arrojadiza, nada menos que su medalla de la Legión de Honor francesa.

No es que buscara yo el Café de la Paix, sino que cierto rumor lejano que emergía de él y que podía oírse ya desde la estación despertó mi curiosidad y fue dirigiendo mis pasos hacia aquel llamativo lugar. A medida que iba descendiendo por las calles de Antibes camino del puerto, el griterío de la turba desvelada, al aumentar poco a poco de volumen, se iba haciendo cada vez más aterrador.

Cuando estuve a cien metros del bar, me escondí detrás de un árbol, pues la clientela –gran abundancia de empleados de yates– parecía haber esperado a que yo llegara hasta allí para desencadenar un espectáculo demencial, una batalla en toda regla con muchos puñetazos, botellas que volaban y gritos espeluznantes de los heridos. Permanecí largo rato escondido detrás del árbol, espiando horrorizado aquella brutal pelea colectiva, que no cesó ni cuando llegó la policía, que fue recibida de la forma más salvaje que he visto en mi vida.

Cuando por fin las aguas volvieron a su cauce y me atreví a salir de mi privilegiado mirador, me acordé de que cerca de allí tenía que estar el inmueble en el que vivía Graham Greene, uno de mis escritores favoritos, el autor de *El libro de cabecera del espía* y de muchas novelas sobre agentes dobles enredados en el laberinto de los servicios secretos.

Me estaba diciendo que dedicarme a buscar la casa de apartamentos donde él vivía sería una manera divertida de matar el tiempo, cuando de pronto, con gran sorpresa por mi parte, vi que del interior del bar que acababa de cerrar a cal y canto la policía, y en el que yo por tanto daba por supuesto que no quedaba un alma, salía de una puerta lateral un hombre obeso que, enfundado en un aparatoso abrigo rojo, encendía solemnemente un puro habano mientras sonreía mirando en dirección a los yates anclados en el puerto.

Por unos instantes deseé tener a mi alcance el árbol para poder volver a esconderme detrás de él, pero éste quedaba ya muy lejos. Entonces, en un gesto casi infantil, me tapé la cara, parte de la cara, con mis guantes. Fue como si hubiera visto que iba a suceder algo horrible y no quisiera presenciarlo. Con la cara medio tapada vi al hombre obeso avanzar hacia mí despreocupado y, mirándome de pronto algo sorprendido, seguir tranquilamente su camino.

Empecé a darle vueltas a por qué había reaccionado de aquella forma y acabé creyendo haber descubierto la causa. Lo más probable era que, de repente, hubiera asomado a mi memoria una escena de una novela de espías y conspiraciones rusas en las que un consejero privado del zar, que estaba fumando tranquilamente un cigarro, quedaba de pronto totalmente ensangrentado, tumbado en su sillón mientras la luz eléctrica de palacio iluminaba su rostro, parte del cual aparecía destrozado por la explosión del cigarro, que contenía un pequeño proyectil que, escondido dentro del diabólico artefacto, había penetrado en su paladar para ir a alojarse al cerebro.

Cuando conseguí recuperarme del inesperado susto del hombre obeso y su cigarro habano, volví a mi idea de encontrar la casa de apartamentos de Graham Greene, que sin duda no podía vivir muy lejos de allí. Fue más fácil de lo que pensaba hallar ese inmueble y el santuario del escritor, pues no podía estar más próximo al Café de la Paix. En el portero automático, en el casillero del ático primero, podía leerse, en fondo verde con letras rojas, esta sencilla inscripción: *Greene*.

Me entraron unas ganas inmensas de llamar al timbre y hacerme pasar por un periodista que viniera de parte, por ejemplo, de Anthony Burgess. Me entraron unas ganas inmensas de acceder a su casa y espiar sus costumbres, saber cómo vivía, cómo bebía, qué decía, de qué se reía. Pero a última hora fui vencido por la timidez y, en un gesto totalmente infantil y gamberro, me limité a apretar el timbre tres veces y salir corriendo.

Me sobró tiempo para oír una voz de trueno, terriblemente enojada, que procedía del portero automático. Quise correr más todavía, y en ese momento, no lo olvidaré nunca, me pasó rozando la oreja izquierda ese endiablado objeto que fue lanzado con gran puntería desde el ático: un tintero marca Pelikán que, al estrellarse contra los adoquines del camino al puerto, me dejó completamente perdidos los pantalones.

Ya lo he dicho, siempre que me sucede algo muy grave en mi vida suelo tener una primera reacción idiota y absurda. Y ese día no fue la excepción. Me agaché tontamente para ver la marca del tintero, y fue entonces cuando, postrado de rodillas en el suelo y medio alelado, me vino a la memoria el recuerdo de cierta tinta invisible que aparecía en más de una novela de espías, esa tinta que se conseguía con unas cuantas gotas de jugo de limón y usando una pluma completamente limpia, que se mojaba en el limón para después escribir el mensaje en una hoja de papel en la que, cuando el jugo se secara, nada se vería salvo que un perspicaz agente del contraespionaje frotara un hierro candente sobre ese papel e hiciera reaparecer la escritura, débil y de un ligero color pardusco.

Todavía agachado y recordando tintas invisibles, todavía bastante perplejo y alelado, de espaldas al lugar del que había partido el proyectil, me fui volviendo lentamente hasta atreverme a mirar hacia arriba, hacia lo alto del inmueble, hacia el ático de Greene. Y entonces pude verle a él, totalmente hierático, casi parecía un muñeco, estaba apoyado con extraña inmovilidad, en la baranda azul de su ático, más quieto imposible, más quieto que un americano impasible, casi petrificado con un cigarrillo –diría que un Benson– en los labios alcohólicos, espiándome con el ceño muy fruncido, lleno de rabia y con una mirada terrorífica y muy fija desde su privilegiado punto de observación.

Asustado, me alejé rápidamente de allí llevándome como recuerdo, a modo de fetiche, el tapón negro del tintero del rey de las novelas de espías, un tapón que le regalé, una hora más tarde, a Rosita, quien me agradeció el detalle con dos o tres carcajadas suaves, deliciosas. En aquellos días me encantaba esa manera tan suya de reírse que hacía que yo, engañándome miserablemente –estaba empeñado en cerrar los ojos a esa realidad que hablaba de divorcios y de una multitud de novios abandonados y al borde del suicidio, caminando perdidos por el mundo–, viera belleza donde sólo había una zorra suelta, creyera que fluía de Rosita con gran fuerza la pureza de la mujer bien educada, ingenua, las carcajadas suaves y elegantes de quien –más no podía engañarme a mí mismo– no había vivido mucho y se sorprendía por cualquier cosa.

Una zorra, eso es lo que era. De pronto me entró un cierto escalofrío en mi estudio de la calle Durban, no sería el último, al descubrir que no podía andar más rotundamente equivocado creyendo que, a lo largo de mi conferencia, podría arrancar de Rosita carcajadas suaves como las de antaño. ¿Acaso reía ella como entonces? En los días en que la conocí aún se molestaba en aparentar cierta ingenuidad y pureza, pero los años la habían hecho cambiar y su risa suave se había vuelto como en realidad era ella: seria, ordinaria y obscena.

Me quedé helado —un conato de escalofrío en pleno invierno le deja a uno traspuesto— y pensando que iba a quedarme de aquella forma para siempre sin saber que me aguardaba todavía un segundo y aún más fuerte conato de escalofrío, que me llegó cuando me di cuenta con espanto de que no sólo ya no reía ella con carcajadas suaves, sino que, además, había yo cometido un error de lo más grave al pensar que la historia de Antibes podía, de algún modo, divertirle.

¿Cómo iba a divertirle la historia del tintero, la historia del fetiche y de nuestra cita amorosa en la Costa Azul, si el desenlace de ésta no pudo ser más desgraciado? Resucitar un recuerdo como aquél sólo podía reabrir en ella una vieja y dolorosa herida, pues si bien Rosita y yo, a lo largo de los tres días que pasamos en Antibes, fuimos una pareja enamorada, no menos cierto era que en los últimos momentos de nuestro encuentro todo se estropeó estrepitosamente. Porque cuando ella se disponía ya a subir al tren que habría de devolverla a la niebla milanesa, yo me negué en redondo, entre besos y lágrimas de despedida, a separarme de Carmina en cuanto llegara a Barcelona, lo que llevó a Rosita a la venganza más pura y dura, a una desaparición radical de mi vida, a una desaparición que iba a durar más de cinco años, transcurridos los cuales iba yo a encontrármela casada —su tercera boda— con un farmacéutico con aires de pedigüeño y madre de una niña recién nacida, una pálida criatura que, pasados unos años, llevaría unos horrendos tirabuzones.

¿Qué clase de maligna voz interior me había aconsejado resucitar precisamente el recuerdo de nuestra cita de amor en Antibes? Comprendí que haría bien en olvidarme inmediatamente de aquella desafortunada historia y buscar otra más apropiada para mantener inmóvil en su butaca a Rosita. Además, ¿cómo no había caído en la cuenta de que contarla en público equivalía a correr el riesgo de que alguien alertara aquella misma noche a Carmina acerca de la historia de amor que yo con entusiasmo había revelado?

Me levanté de mi mesa de trabajo y di una vuelta, pensativo, por el salón de la casa. Comencé a buscar a un artista al que hubiera espiado y que, a diferencia de Greene, no le enviara malas vibraciones a mi obsesión sexual, es decir, a Rosita. Algo se interfirió en mi búsqueda, y lo hizo de una forma brusca. Un recuerdo que no venía al caso. Pero de todos modos no me extrañó nada que algo así me sucediera. La memoria es un punto enigmático de nuestro cerebro, y en muchas ocasiones, y sin venir a cuento, los recuerdos más enterrados, a veces incluso muy banales, nos asaltan de golpe. Me acordé, por unos momentos, del día en que entré en una camisería con el fin de comprar una corbata y el empleado, que me conocía desde hacía mucho tiempo, me saludó jovialmente y me dijo: «Buenas tardes, doctor», y yo tuve que sacarle del error y, a pesar de lo que le dije, al salir del establecimiento volvió a llamarme doctor.

Cuando me hube liberado del inoportuno recuerdo desenterrado, me asomé a la ventana que daba a la calle Durban. En muchas ocasiones solía utilizar un catalejo para espiar mejor los movimientos de mis vecinos —muchos de ellos personajes de mi trilogía—, pero ese día me limité a mirar lo que tenía más al alcance de mi vista, y poco a poco fui convirtiéndome en una cámara fotográfica con el obturador abierto, y empecé a parecerme al narrador de aquella novela, *Adiós a Berlín*, que tanto me había emocionado en los días de mi primera juventud, y terminé transformándome, sin pretenderlo, en una cámara pasiva y minuciosa.

Capté la imagen del hombre que se afeitaba en la ventana de enfrente, y capté también la de la mujer en kimono, en la ventana de al lado, lavándose la cabeza. No sé cuánto rato estuve allí, de esa forma. Cuando volví en mí y fui capaz de volver a pensar, me dije que habría de revelar algún día aquellas imágenes, fijarlas cuidadosamente en el papel, trasladarlas todas a mi trilogía sobre las vidas desgraciadas de las gentes de mi calle. Y mientras me decía todo esto capté también la imagen inquietante de la señora Julia, la dueña de la vieja bodega de la calle Durban, sentada en pleno invierno a la puerta de su comercio, más loca que de costumbre, mirando las musarañas y pensando seguramente en su marido, a quien yo, sin que nadie me lo hubiera dicho, imaginaba muerto desde hacía unos días: para mí, de ser todo esto cierto, representaba un grave contratiempo, pues había planeado hablar más a fondo con él y, empleando mi táctica habitual, averiguar disimuladamente su vida trágica e incorporarla a mi trilogía.

Encendí un cigarrillo y de repente el humo del tabaco cubrió todo mi ángulo de visión y acudió en ayuda de mi imaginación y me acordé del día en que espié a Salvador Dalí. Cerré la ventana por la que entraba el frío de la mañana invernal, borré como pude la imagen de la loca sentada a la puerta de su bodega, y sonreí casi feliz, satisfecho por la nitidez con la que había acudido hasta mí, de forma providencial, el recuerdo del día en que espié a Dalí.

También él, al igual que años después haría Graham Greene, me había arrojado desde las alturas un objeto, pero no podía compararse en modo alguno –pensé– una escena con la otra.

Para empezar, cuando espié a Dalí yo era un adolescente y, a diferencia de lo que ocurriera con Greene, no actué por iniciativa propia. Me dije que estaría bien hablar en la conferencia de cómo, por orden expresa de mi madre, comencé a espiar –de forma consciente, hasta entonces lo había hecho sin darme cuenta– y a descubrir al mismo tiempo el inmenso placer que se ocultaba detrás de esa actividad. Me dije que contaría cómo espiar producía una excitación sólo comparable a la del jugador, y explicaría que espiar era maravilloso y que me parecía difícil encontrar algo mejor en la vida.

Mi madre me descubrió el infinito placer de espiar. Mi madre, aunque nunca quiso reconocerlo, siempre tuvo una profunda vocación de espía. Le venía de su padre, que en los últimos años de su vida había ejercido, con dedicación inquebrantable, de espía de todo cuanto le pareciera que podía ser divino. Mi madre posiblemente había heredado de él esa tendencia a espiar aquellas figuras en las que podía encarnarse Dios, y eso tal vez explicaba que el día en que ella, mi padre, mi hermano Máximo y yo viajamos a Cadaqués en nuestro flamante seiscientos recién comprado, todas las fuerzas más oscuras del universo confluyeran para dirigir nuestros pasos hacia Port Lligat, junto a Cadaqués, para ver cómo era el lugar en el que vivía Salvador Dalí.

A medida que nos acercábamos a Port Lligat yo notaba una gran excitación en mi madre, una excitación que acabó contagiándonos a todos cuando vimos a Dalí almorzando en compañía de algunos invitados en la terraza de su casa, pues en ningún momento había pensado ella, y menos aún nosotros, que fuera a resultarnos tan fácil ver al genio del Ampurdán, tan fácil espiar de cerca sus movimientos en aquella terraza espectacular que presidían dos huevos gigantescos.

Mi padre, por orden expresa de mi madre, detuvo entonces de golpe el coche y puso el freno de mano en aquella última curva de la carretera que descendía hasta Port Lligat. Fue un momento raro, difícil de olvidar. Mi madre, mi hermano, mi padre y yo, hacinados dentro de nuestro seiscientos, pasamos a espiar, casi reverencialmente y sin perdernos detalle alguno, en completo silencio, aquel almuerzo que, bajo los dos gigantescos huevos, parecían estar escenificando exclusivamente para nosotros.

Estuvimos espiándolo todo durante un buen rato

hasta que de pronto mi madre, con su voz ronca característica, dijo que de allí no se marchaba hasta averiguar si era verdad que la vida de un genio, su sueño, su digestión, sus uñas, sus resfriados, su sangre, su vida y muerte eran esencialmente diferentes a las del resto de la humanidad.

—Ya me dirás cómo piensas averiguarlo —dijo mi padre.

Entonces ella, por toda respuesta, comenzó a tocar frenéticamente la bocina del coche mientras me decía:

—Le cuentas que te llamas Marcelino. Eso le divertirá, estoy segura.

Me estaba preguntando aterrado qué estaría pasando por la mente de mi madre cuando de repente vimos que Salvador Dalí, tal vez entendiendo que desde aquel modesto vehículo español estaban aclamando su genio universal, nos mandó un espectacular saludo empuñando enérgicamente su bastón en dirección al cielo.

Mi madre dijo que aquello no servía, que no era ni mucho menos un dato suficiente para saber si Dalí era un genio o una persona vulgar y corriente como casi todos los mortales. Y entonces, sonriéndonos cariñosamente a todos, dijo que yo sería quien lograría averiguar si la vida del supuesto genio de la terraza coronada por dos huevos era realmente diferente a la del resto de la humanidad.

—Bastará con que le arranques una sola frase —dijo mi madre. Y me ordenó que me situara al pie de la terraza, como si fuera a cantarle una serenata, y le hiciera una pregunta, una sola pregunta, la primera que se me ocurriera, cualquier pregunta servía, pues, fuera la que fuera, obligaría a Dalí a dar una respuesta que delataría si él era realmente ingenioso a todas horas o tenía sus momentos de relajamiento y contestaba vulgaridades a niños que juraban llamarse Marcelino.

Empezaron a temblarme las piernas sólo de pensar que debía llevar a cabo una misión tan extravagante y complicada como aquélla, pero al mismo tiempo creo que sentí la excitación propia de los que disfrutan espiando.

Vi de pronto en la figura del artista Dalí un apasionante enigma. Pienso que eso debió de ser lo que más me animó a salir del coche y poner en marcha mi operación de espionaje.

Me acerqué lentamente a la casa y acabé colocándome al pie de la terraza, y allí me quedé durante largo rato escuchando conversaciones que no entendía. No logré retener en mi memoria ni una sola de las frases de Dalí y sus invitados, salvo una, que tampoco entendí en ese momento, una frase de Dalí que tuve la ocurrencia de anotar en aquella agenda americana en la que apuntaba cosas que no entendía para poder después preguntárselas a mis padres.

La frase que no entendí pero que apunté fue ésta: «Mañana me dedicaré a los cojones del torso de Fidias.»

Yo la anoté y seguí espiando sin ser visto, hasta que de pronto me di cuenta de que ya era la hora de llevar a buen término la misión que me habían enco-

mendado. Entonces, armándome de valor, grité tres veces seguidas:
—¡Señor Dalí, señor Dalí, por favor, mire hacia aquí!
Fue el propio Dalí el primero en asomarse para ver qué estaba sucediendo.
—Me llamo Marcelino —dije—. Estoy aquí para hacerle una pregunta, sólo una pregunta, señor Dalí.
Dalí, que llevaba en la cabeza una corona trenzada de laurel, olivo y rosas, se quedó mirándome con cierto estupor y después con extraordinaria fijeza.
Y entonces le hice la primera pregunta que se me ocurrió, le dije:
—Quisiera saber, señor, si usted sería tan amable de darme un *souvenir* para mi familia.
—No puede ser —dijo alguien. Dalí, tras un ligero parpadeo, me miró de una forma muy extraña y advertí un cambio importante en su cara, un cambio de lo más raro, como si hubiera dejado de ser la persona que había sido hasta aquel momento. Desapareció de pronto, y a los pocos segundos volvía a estar frente a mí, esta vez no con la cara repentinamente cambiada, sino con la cara que tenía cuando le pedí el *souvenir*.
  Sin mediar palabra, con gran teatralidad, me arrojó a los pies un pisapapeles que tenía la forma de un rinoceronte.
  Mi camino de vuelta al seiscientos fue memorable, algo realmente fantástico. Mi pobre hermano lloró de emoción al ver lo que en pocos minutos había sido yo capaz de lograr. Mi padre dijo que

aquel día me había hecho mayor y que se sentía muy orgulloso de mí. Pero mi madre, en cambio, no se mostró en momento alguno feliz y menos aún deslumbrada por aquel rinoceronte que había pasado a formar parte de nuestro patrimonio familiar. A ella lo único que le interesaba era saber la respuesta que había dado Dalí a mi pregunta.

Como él no había dicho nada y no me atrevía a confesar que en esa faceta había yo rotundamente fracasado, recurrí a mi agenda americana y le dije a mi madre que simplemente Dalí se había limitado a contestarme lo siguiente: «Mañana me dedicaré a los cojones del torso de Fidias.»

–Qué horror más horroroso –dijo mi madre, santiguándose.

Y ya nunca más quiso oír hablar de aquel asunto. Fue como si en el momento mismo de decirle yo la frase del genio, hubiera sufrido una decepción profunda, dando por zanjada para siempre su investigación.

Mi madre no volvió a hablar nunca más de todo aquello –a lo sumo risitas de desprecio cuando veía alguna foto de Dalí en los periódicos–, pero yo sí lo haría en la conferencia, pues era una historia que ilustraba perfectamente cómo me había iniciado en el arte del espionaje. Tenía ese recuerdo daliniano sólo un inconveniente, y era el de que, si no andaba equivocado, Rosita lo había oído de mí más de una vez, pero eso no tenía por qué convertirse en un problema grave si, además de contar la anécdota con cierto garbo, la encadenaba rápidamente con algo que fuera sorprendente, con una confesión inesperada, por ejemplo.

Se me ocurrió decirle de pronto al público de la conferencia que yo en mi juventud había sido agente secreto de la inteligencia británica. Una declaración impactante, inesperada. ¿Me creerían o notarían que estaba inventando? Decidí confeccionar una breve nota, escrita en los años setenta por un supuesto camarero del Ritz que me habría salvado de las garras de unos agentes moscovitas. Escribí en una página de mi bloc de notas: «Póngase en guardia contra Dziga Levinski y Marina Ugrumov, sentados frente a usted. Son melómanos, es cierto. Pero olvidaron decirle que son agentes del enemigo.»

Mostraría la nota al público y haría que se la pasaran entre ellos para que vieran que no mentía.

—Un documento muy entrañable para mí —les diría—. Me salvó la vida. Me la deslizó muy oportunamente un camarero junto a mi *dry martini*.

¿Me creerían? ¿Tenía yo aspecto de haber sido agente secreto? No, no lo tenía. La gente no es idiota. Aquella historia poco tenía de verosímil. Perdería toda credibilidad si me aventuraba a inventar todo aquello. Además, Rosita me conocía muy bien y podía pensar que era un mentiroso de escasa enjundia. Me di cuenta de que mi conferencia estaba abocada al fracaso si me aventuraba por el camino de una confesión ridículamente falsa.

Podía hablarles, en cambio, de mi experiencia en un tren de Madrid a Lisboa, donde conocí a ese extraño pasajero que me confesó haber trabajado como agente secreto. Yo he sabido siempre mucho de espionaje, pero en realidad espías de verdad —suponiendo que ese hombre no me hubiera mentido— sólo he tenido la oportunidad de conocer a uno en la vida. Decidí que les hablaría de ese espía que conocí, les contaría cómo todo empezó cuando ese hombre entró en mi compartimento cuando el tren nocturno se estaba poniendo en marcha y yo ya estaba celebrando que en la otra litera no dormiría nadie. Me saludó con prisas, llevaba de equipaje sólo una bolsa de mano. Comprobó que el número de la litera disponible era el suyo y, después de haberse sacado del bolsillo un pañuelo blanco y haberse limpiado las gafas, me preguntó si en el tren había vagón restaurante. Le dije que sí, pero que no era recomendable cenar en él porque la comida era muy cara y de poca calidad. Me preguntó si estaba seguro de eso y hasta me hizo dudar. Era un hombre de mi edad, muy afable y exageradamente educado. En cinco minutos logró convencerme de que le acompañara a cenar. Me dijo que al vino me invitaba él. Le expliqué que yo no bebía. Sonrió, me miró como si no creyera en lo que le había dicho.
—Entonces le invito a cenar, no me gusta hacerlo solo.
—Está bien —contesté—, voy a acompañarle. Pero la cena me la pago yo.

En los trenes se producen a veces los encuentros más inesperados. Yo era escritor y no podía permitirme el lujo de dejar pasar aquella oportunidad. Aún no estaba escribiendo, por aquellos días, mi trilogía realista. Pero me alimentaba de la realidad en todos los cuentos que, de forma bastante prolífica, iba realizando con el ánimo de acabar reuniéndolos en un volumen con el que confiaba –como así fue– irrumpir con cierto éxito en el mundo editorial. Me dije que tal vez aquel hombre tenía alguna historia interesante que contar. Yo era –lo soy también ahora, pero tal vez menos– una persona a la que le gustaba escuchar, supongo que porque pensaba que eso era fundamental para el oficio que había elegido. Yo era –lo sigo siendo, aunque no tanto como entonces– una persona muy indiscreta, me gustaba estar con los oídos muy atentos cuando viajaba en tren o estaba en un café o andaba por la calle. En multitud ya de ocasiones ciertas frases cazadas al azar o ciertas historias que me habían contado me habían servido para escribir relatos. Yo era también, pues, un extraño pasajero, uno de esos escritores de los que hablé antes, gente que para escribir cuentos sale a la calle o monta en trenes para espiarlo todo.

–Está bien –le repetí–, voy a acompañarle.

Había algo que me intrigaba especialmente de él. No sólo tenía mi misma edad, sino que físicamente se parecía bastante a mí. Sólo la manera de vestir y los modales –más refinados los suyos, por eso desde el primer momento me había hablado de usted– diferían en algo. Pero por lo demás, si uno le ponía algo de imaginación, parecía mi doble. Era probable que él también se hubiera apercibido de esto, pero en todo caso, al igual que yo, no parecía dispuesto a comentarlo.

Lo que no podía para nada yo sospechar era que la historia que él me iba a contar sería precisamente la del descubrimiento de un doble suyo en París. A veces en los trenes suceden cosas raras. Nunca lo olvidaré: yo pensaba que aquel hombre podía ser mi doble y no sabía que después de la cena él acabaría hablándome de su doble, que en cualquier caso no era yo, sino un portugués que vivía en París.

La cena no fue tranquila precisamente. Pasados los momentos iniciales de las respectivas presentaciones –«me llamo Juan Riverola y soy agente de la propiedad inmobiliaria», me dijo–, momentos que fueron cordiales y calmados, el extraño pasajero comenzó a beber vino de una forma escandalosa. No sé muy bien cómo –supongo que por haberle dicho que era escritor–, se empeñó en hablarme de los libros que leía –los únicos que leo, decía–, pero siempre con grandes rodeos y sin aclararme qué libros eran aquéllos. Hasta que por fin, tras una pregunta insistente por mi parte, desveló el misterio:

–Yo sólo leo novelas de James Bond. En inglés, por supuesto –me dijo–. Me gusta el refinamiento, supongo que para compensar la vulgaridad de ser agente de la propiedad, que es un oficio lamentable. Pero soy de familia bien venida a menos –balbuceó aquí a causa del alcohol–, y en cierto momento

de mi vida, acostumbrado como estaba a no trabajar, me vi obligado a abrazar este lamentable oficio, no me quedó otra posibilidad.
    –¿Y por qué sólo James Bond? –pregunté.
    Se me quedó mirando con fijeza, estaba ya bastante borracho. Pidió otra botella de vino al camarero y en voz baja, casi confidencial, me dijo:
    –Es que yo fui espía, lo que pasa es que lo fui poco, me echaron. Pero yo conocí al coronel Jouvet. Pertenecí, como habrá ya adivinado, a los servicios secretos de la inteligencia francesa. Pero me echaron enseguida, fue espantoso.
    Cuando llegó el camarero con el vino, me obligó a tomar una copa. Preferí no resistirme, se le veía cada vez más excitado, casi a punto de enfadarse, no debía olvidar que me había tocado dormir con él, era preferible que nos lleváramos bien.
    –Me echaron –continuó Riverola–, me echaron muy pronto. Lo raro es que nunca he sabido por qué se me sacaron de encima. Un misterio. Me dejaron jodido para siempre. Yo quería dejar de ser agente de la propiedad. Cuando en un viaje de trabajo a París me captaron en Montparnasse para ser espía, me hice unas ilusiones bárbaras, pero fue todo un desastre. Me captaron y en menos que canta un gallo me dieron una soberana patada. Y eso que todo empezó bien. Un vietnamita minúsculo, un agente secreto, me condujo hasta el despacho del misterioso coronel Jouvet. Sí, todo empezó muy bien.
    Me contó que siempre había asociado las madrigueras de esos cerebros ocultos del espionaje con

habitaciones subterráneas, y cómo en un edificio de las afueras de Drancy en el que se escondía el coronel Jouvet descubrió que era todo lo contrario, que esos cerebros del espionaje se ocultaban en lugares muy altos. El vietnamita y él subieron en ascensor hasta el ático de ese edificio de las afueras de Drancy, y allí se apearon, ascendiendo entonces por una escalerilla tan estrecha que un hombre corpulento se habría quedado trabado en ella. Una escalerilla realmente mínima que iba a dar a otra aún más pequeña que les condujo a la azotea, donde, tras cruzar un breve puente de hierro, entraron en un nuevo laberinto que, cuando empezó a dejarle medio mareado, le llevó incluso a preguntarle al guía vietnamita si se dirigían a alguna parte o aquélla era una broma de muy mal gusto. No obtuvo respuesta, y poco después llegaban a una puerta roja y negra que había al fondo de un pasillo siniestro por el que habían avanzado con la cabeza agachada. El vietnamita golpeó tímidamente la puerta, y ésta se abrió lentamente, movida por un resorte. Entraron en un cuarto de apenas cinco metros cuadrados en el que estaba sentado, fumando tranquilamente en pipa debajo de un mapa del golfo de Tonkin, un hombre de barba blanca que vestía uniforme de coronel del ejército francés.

 Cuando Riverola hubo terminado su descripción de la guarida del coronel Jouvet, también la cena había llegado a su final. Me sentía ya cansado, y además algo incómodo por la borrachera que él llevaba. Le dije que ya era tarde y que me iba a dormir.

—Espere, que ahora viene lo bueno —me dijo.
Sus ojos brillaban, pero su rostro parecía pálido bajo la luz del vagón restaurante. Su historia, hasta aquel momento, me había parecido interesante, pero no me había sugerido ningún cuento. Pero por si acaso era verdad que, como él decía, venía lo bueno, accedí a quedarme unos minutos más.
—Está bien, le escucho.

Me pregunté de pronto, de pie junto al escritorio de mi casa de la calle Durban, si en la conferencia de la calle Verdi debía dar demasiados detalles sobre la historia del coronel Jouvet, me pregunté si no sería mejor entretenerme sólo en lo que contó Riverola a partir del momento en que le dije que me quedaba unos minutos más a escucharle. Me estaba preguntando todo esto cuando de pronto la vecina de al lado, la mujer del kimono, encendió la radio, como todas las mañanas, y tras dos insulsas canciones sonó, como una lágrima olvidada y con íntima violencia para mí, una canción que me traía muchos recuerdos, «Extraña forma de vida».

Como una fuerte punzada de dolor, así me llegó la voz de Amalia Rodrigues, fue una irrupción de nostalgia violenta en la mañana aquella de invierno, porque esa canción me traía los recuerdos de las noches en que Rosita y yo la bailábamos y ella me decía que si dejaba a su hermana Carmina —sí, olvidé decirlo antes, Carmina y Rosita, he tardado un poco en escribirlo, son hermanas, pero es que son como la noche y el día, como la madre y la puta, son tan diferentes que a veces uno se olvida, resulta difícil acordarse de que lo son– nos iríamos a vivir a una casa como la de otra canción de Amalia Rodrigues, a una *casa portuguesa,* fuera del mundanal ruido, un lugar sólo para ella y para mí; una casa sencilla y portuguesa en la que, como decía la canción, habría siempre pan y vino sobre la mesa, cuatro paredes calladas, un racimo de uvas doradas, «una casa portuguesa con certeza».

Ya he dicho que siempre que sucede algo grave en mi vida suelo tener una primera reacción misteriosamente idiota y absurda. Y ese día, esa mañana de invierno, no fue la excepción. Sentí de pronto el deseo de extasiarme y perderme en la contemplación de una gota de agua, un cabello fino, una mota de polvo... Sentí el deseo de ser engullido por esas pequeñas cosas de la naturaleza y así tratar de olvidarme de la nostalgia que la canción de la radio de la vecina del kimono había introducido en mi casa de la calle Durban.

Por fortuna, supe reaccionar a tiempo. Poco después me preguntaba seriamente si en verdad me gustaría vivir en una casa sencilla y portuguesa viendo sólo a Rosita a todas las horas del día. Me recordé entonces a mí mismo que Rosita básicamente sólo me interesaba como objeto sexual y en ningún caso me apetecía compartir con ella la vida cotidiana, tanto si era en una casa portuguesa como en un bungalow de los Mares del Sur. Para la vida de cada día ya estaba Carmina, que, a diferencia de su hermana, era inteligente y buena y, además, me había prometido amor eterno. Pero a los pocos minutos volví a las andadas y me entraron –esta vez con inusitada fuerza, como si fuera el eco tardío de la imprevista audición de «Extraña forma de vida»– unas ganas inmensas de obedecer la ley de mi deseo y, después de la conferencia, fugarme aquella misma noche con Rosita. Tuve que buscarme nuevos argumentos para frenar la fuerza de aquel deseo desbocado.

Me dije que haría bien en pensar con mayor calma las cosas. Me dije que era más prudente no dar aquel paso, pues la vida cotidiana en una *casa portuguesa* podía arruinar en muy breve tiempo toda la pasión y gran fiebre de amor de la que se alimentaba mi historia con Rosita. Me dije que nada sería más triste que ver cómo de la noche a la mañana se desvanecía mi gran pasión: una pasión que, por muy paradójico que parezca, en realidad se alimentaba de la ausencia del objeto deseado; tenerlo al lado durante un buen puñado de días podía arruinarlo todo, dejarme sin el único aliciente que me quedaba en la vida.

Me dije que lo mejor que podía hacer en aquel momento era seguir preparando –y cuidando al máximo los detalles– la conferencia de la calle Verdi. Volví a centrarme en la preparación de mi charla nocturna y, al poco tiempo, llegaba a la conclusión de que, por encima de todo, a lo que más atento debía yo estar era a lograr que aquella conferencia me gustara sobre todo a mí, ya que ésa sería la única manera de evitar una catástrofe, la mejor forma de no correr el riesgo de abocarme a una gran decepción si, como era previsible, al término de mi charla Rosita actuaba como aquella estudiante de un relato que había leído yo unos meses antes y en el que se contaba la historia de un profesor jubilado que organizaba todas sus conferencias para seducir a una asistente de las mismas: una joven que, a diferencia del público fervoroso, no mostraba entusiasmo alguno por lo que oía, sino todo lo contrario; parecía empeñada en demostrar que su presencia en las conferencias no obedecía ni a una necesidad ni a un deseo, más bien al cumplimiento de un fastidioso compromiso que la obligaba a permanecer durante una hora escuchando cosas que nada le decían, que para ella carecían de todo atractivo, de todo ingenio, de todo rigor y novedad y que solamente podían causar impresión en el pequeño grupo de papanatas que estaban acomodados en las filas delanteras.

Se trataba de evitar la catástrofe, de evitar que me sucediera lo que le ocurría al profesor al final de aquel relato cuando, en la última de sus conferencias, organizada de forma desesperada −es decir, especialmente construida para fascinar a la díscola estudiante−, ésta abandonaba la sala con el mismo gesto de menosprecio de siempre. Se trataba, en suma, de evitar que si Rosita, como era previsible, se comportaba al final de mi charla como esa estudiante, su actitud no me llevara a incorporarme de mi asiento y, en un inútil y frustrado intento de última hora por retenerla, me desplomara tristemente sobre la mesa, muerto de pena, convertido en un

49

melancólico de triste figura, en un payaso por amor. Se trataba de evitar un final tan bochornoso y que nuestra separación, tal como en un primer momento me había propuesto, quedara dignamente llena de mis palabras en la conferencia o, al menos, del eco desesperado de las mismas y, sobre todo, que no me desplomara grotescamente sobre la mesa ni se me viera hundido para siempre, sino simplemente resignado a la pérdida temporal de mi obsesión sexual al tiempo que orgulloso de todo cuanto había expuesto yo, con cierto talento, en la conferencia.

Mientras me estaba diciendo todo esto, sonó el teléfono en el pasillo. Tal vez volvía a ser Carmina. Permanecí inmóvil sentado ante mi escritorio, y me repetí no sé cuántas veces la consigna que sabía que no debía perder de vista en todo el día: puesto a elegir entre amor eterno y sexualidad, era mejor quedarse con lo primero, pues era más confortable y duradero.

Cuando dejó de sonar el teléfono y tras haberme reído por enésima vez –y de un modo algo forzado– de la casa sencilla y portuguesa, volví a centrarme en la preparación de la conferencia, a planear cómo contaría lo que Riverola me dijo cuando al anunciarle que me iba a dormir me retuvo unos minutos más en el vagón restaurante con la promesa de que lo que seguía era lo bueno.

Riverola me habló de cómo los días que sucedieron al de su visita al coronel Jouvet fueron tranquilos –varias citas, muy apasionantes, con agentes secretos amigos– hasta que se cruzó en su vida un vecino del barrio: el portugués Negreiros, al que todo el mundo llamaba Negrete porque había vivido en México durante mucho tiempo. Riverola había estado un par de veces en casa de ese hombre hablando de arte –pintaba unos cuadros horrendos– y viendo los telescopios que tenía instalados en la terraza de su casa de la rue Jacob y con los que se dedicaba a observar, de una forma a veces casi obsesiva, las estrellas y el espacio infinito.

Todo empezó el día en que se encontraron en la barra del café Metz, y Negrete le invitó a un pernod y se mostró especialmente hablador, ya que confesó sentirse eufórico ante la intuición que había tenido. No tardarían los científicos –le dijo– en descubrir un nuevo ojo. Sería un ojo muy diferente de todos los que conocemos, un ojo que estudiaría el universo viendo cosas que el ojo humano no podía ver. Sería un ojo pero sería también un satélite o telescopio que vería en infrarrojo y que podría ver en el interior de colisiones entre galaxias. Sería un ojo al que, casi con toda seguridad, llamarían Polifemo, ponía las manos en el fuego a que le llamarían de esa forma, él tenía –aseguró– algo de profeta.

Un iluminado, pensó Riverola. Sabía que era un hombre algo raro, pero no había pensado que tanto. No le dio más importancia. Después de todo, el barrio estaba lleno de locos. Se despidió de él abrumado ante tanta profecía y creyendo que tardaría mucho en verle, pero ni mucho menos fue así. Empezó a ver a Negrete, al espía del infinito, al profeta del Nuevo Ojo, cada mañana en el café Bonaparte para el té de las once, y volvía a encontrarlo por la tarde sentado ante la misma mesa de mármol, dibujando compulsivamente en un cuaderno de tapas verdes. Riverola se limitaba a saludarle de lejos tratando de evitarle. En los cuatro primeros días, en un intento de frenar su paranoia, prefería pensar Riverola que era pura y simple curiosidad que coincidieran tanto en el Bonaparte, pero al quinto día comenzó a preocuparse seriamente. Cualquier persona sensata habría pensado lo mismo, Negrete había copiado su horario de visitas al Bonaparte.

Riverola decidió no quedarse ni un minuto más en el café, pagó su cuenta y se dijo que no volvería en mucho tiempo por allí. Le daba mala espina aquella enigmática presencia de Negrete y su cuaderno de tapas verdes. Pagó su té y, al salir a la calle, lanzó una mirada furtiva, una última mirada de despedida, a Negrete. Entonces cayó en la cuenta de algo en lo que hasta entonces no había reparado. De no ser por su calvicie, Negrete era su vivo retrato, pues tenía una edad parecida, su misma estatura; unos rasgos faciales casi idénticos, la nariz sobre todo, tan voluminosa. Por no hablar del perfil, que era un calco del suyo.

Riverola, turbado por ese repentino descubrimiento, decidió alejarse rápidamente de allí. Demasiadas coincidencias, pensó. Pero no había dado más que cuatro pasos cuando sintió la morbosa necesidad de volver a examinarle. Se detuvo en la calle y se dio la vuelta para mirar otra vez aquel perfil tan idéntico al suyo, y vio entonces que Negrete estaba pagando a la cajera con gran nerviosismo, muchas prisas repentinas. Le pareció a Riverola que había llegado la hora de hacer caso a ese sexto sentido que a veces, por muy paranoico que nos parezca, nos dice la verdad. Cualquier persona sensata habría pensado lo mismo que pensó Riverola en aquel momento. Por muy absurdo que fuera, estaba claro que el espía del infinito se disponía a seguir espiándole más allá del Bonaparte.

Decidió que simularía no haberse dado cuenta de nada, pero que tomaría las lógicas precauciones ante su perseguidor y daría un largo rodeo antes de aventurarse a entrar en el oscuro y cercano portal de su casa de la rue Saint-Benoit. Deambuló largo rato sin brújula y se perdió por las calles del barrio hasta que de pronto recuperó la orientación al desembocar sus pasos vagabundos en la rue de l'Ancien Comédie, donde de repente dio media vuelta completa sobre sí mismo pudiendo ver entonces cómo Negrete, con notable rapidez de reflejos, se pegaba a una pared y poco después al escaparate de un anticuario. Dio de nuevo media vuelta, hizo como si no se hubiera dado cuenta de nada, y al poco rato, al enfilar la rue Jacob, se volvió otra vez por sorpresa y lo que entonces vieron sus ojos fue un espectáculo más bien ridículo, pues Negrete, el profeta del Nuevo Ojo, se detuvo de golpe en una esquina y se quedó allí asomando únicamente la punta de su nariz exagerada.

Aceleró Riverola el paso, alcanzó el portal de su casa y cerró por dentro con llave. Ya en su buhardilla, puso el cerrojo mientras se decía que era penosa su cobardía y que de seguir de aquella manera sus miedos iban a convertirse en un serio obstáculo para el ejercicio normal de su recién inaugurada profesión de espía. Prometiéndose que no se dejaría dominar por el pánico, trató de dormirse, sin lograrlo en un principio. Su máxima preocupación era cómo hacerlo para seguir comportándose como un agente de la propiedad inmobiliaria de vacaciones en una buhardilla prestada en París y, al mismo tiempo, no olvidarse de la necesidad de cuidar de su seguridad, puesto que era un espía.

Se durmió Riverola preguntándose si no sería Negrete en realidad su ángel de la guarda, su protector secreto, un agente más de su organización, alguien que se dedicaba a velar por él. Se durmió diciéndose que si no era Negrete de los suyos, obviamente entonces era un agente enemigo que se hacía pasar por pintor y observador de los espacios siderales y profeta del Nuevo Ojo. Pero si era un agente enemigo resultaba difícil explicarse por qué no disimulaba apenas nada al espiarle. Pensando en esto y en lo otro, acabó durmiéndose para despertar a media noche con un sudor frío de ultratumba que recorría todo su cuerpo, pues estaba soñando que Negrete era un agente doble y, además, era la persona más parecida a él que existía en la tierra, es decir que, además de ser agente doble, era su doble.

Estando en eso, frío como un muerto, oyó un

rumor de pasos, una respiración ronca detrás de la puerta de la buhardilla. Miró por el ojo de la cerradura y le pareció descubrir al otro lado de la puerta de madera, muy cerca pero separada por el breve espesor, una glacial pupila. Se dijo que ya era hora de dejar de ser un miserable cobarde, de modo que quitó el cerrojo y abrió de golpe la puerta. No había nadie.

–No había nadie –me dijo Riverola en el vagón restaurante–, ¿sabe lo que es nadie? Pues eso. Nadie. Yo ya no tenía la menor duda de que se encontraba completamente borracho. Pero como todo indicaba que estaba acercándose al momento en que iba a contarme algo importante –y además el vino parecía estar convirtiéndole cada vez más en una persona muy sincera–, decidí esperar un poco más antes de irme a dormir.
 –Al día siguiente –dijo Riverola– cambié de café. Me senté bastante lejos del Bonaparte, en la terraza de Chez Antonin. Pedí mi té. En esos días no bebía yo como ahora. Pedí mi té y allí estuve bien tranquilo durante un buen rato hasta que de pronto vi al espía del infinito apoyado en el *juke-box* del bar de enfrente. Espero que me crea si le digo que me pareció que iba vestido igual que yo. Me marché de allí casi corriendo... Pero hágame el favor, ¿por qué no bebe usted algo más conmigo? Le sentaría bien.
 –Gracias, pero estoy bien.

—Salí corriendo —continuó Riverola— y ese día lo perdí de vista. Pero al día siguiente, estando yo sentado en el café Pascal, recuerdo que llovía mucho, viví uno de esos momentos que uno no puede olvidar nunca. Había logrado cierta sensación de bienestar, pues me creía a salvo de mi perseguidor. Pero de pronto, al mirar distraídamente hacia la calle, vi a un hombre que, vestido con una gabardina idéntica a la mía, se encontraba apostado con un paraguas en el portal de una iglesia cercana. El hombre que bajo la lluvia iba vestido igual que yo era Negrete. Le vi desaparecer de golpe como si se hubiera dado cuenta de que lo había visto. Bien, decidí redactar un informe sobre lo que me estaba pasando y enviarlo al guía vietnamita, mi contacto más directo en la organización. Creo que era lo más sensato, ¿no le parece?

—Me lo parece —le dije.

—Informé. Me contestaron que investigarían y que de momento cambiara de casa y de barrio. Me fui a vivir cerca del metro Alesia, a un hotel de la rue Benard. Me creía a resguardo de todo. Durante más de dos semanas dejé de ver a mi extraño perseguidor. Pero una tarde, pasando en taxi por la estación de Montparnasse, vi de pronto a Negrete apoyado en una columna. Lo recuerdo muy bien, ese día también llovía. Créame que no pude quedarme más helado. Fue una visión fugaz pero definitiva, porque Negrete se había convertido en mi vivo retrato, pues llevaba puesta una peluca que imitaba a la perfección mi peinado, y su traje y su gabardina eran

idénticos a los míos. Me pareció evidente que, por los motivos que fueran y que sin duda se me escapaban, el espía del infinito se estaba haciendo pasar por mí. Volví a informar, me dijeron que investigarían. ¿Y sabe qué paso?
  —Ni idea —le respondí mirando fijamente a su nariz, que cada vez me parecía más idéntica a la mía.
  —Tres meses después de haberle visto disfrazado de mí en la estación, me enteré de su muerte por los periódicos. Nunca olvidaré lo mucho que me turbó su foto de difunto en *France-Soir*. Parecía que me hubieran asesinado a mí. Sentado en un banco del jardín de Luxembourg, con la peluca que imitaba a la perfección mi peinado, con mi ropa y un agujero de bala en la frente, era mi vivo retrato de muerto. Había gotas de sangre en su nariz, aquella nariz que tanto se parecía a la mía. Testigos presenciales declararon que había sido abatido de un único y certero disparo por un hombre de rasgos orientales.
  Me dijo Riverola que no sabía cuánto tiempo permaneció con la mirada fija y casi incrédula en el periódico, con la impresión angustiosa de encontrarse frente a un espejo. No recordaba cuánto tiempo estuvo espiando en el periódico tanto la mirada atroz del muerto como el rictus definitivo de su risa desquiciada ante la visión de la fatalidad imprevista.
  —No todo el mundo —concluyó Riverola— ha visto su foto de difunto.
  Estaba exhausto, minado por el abundante vino

ingerido y por el esfuerzo que parecía haber hecho al contarme aquella historia.

—No estaba nada guapo yo muerto —dijo, y se quedó casi derrumbado sobre el mantel de nuestra mesa del vagón restaurante.

Le sugerí que fuéramos a dormir. «Nada guapo», repitió. Parecía muy afectado. Finalmente, logré convencerle de que ya era tarde. Ya en el compartimento —un camarero me ayudó a transportarle hasta él—, se dedicó a delirar. Habíamos apagado la luz y yo ya estaba medio dormido cuando se puso a contarme, entre balbuceos y más de una frase incoherente, el desenlace de sus actividades como agente secreto. Le citaron en las afueras de Meudon, y allí apareció el guía vietnamita y, sin mediar palabra y negándose a pronunciar alguna, le entregó un sobre cerrado con una breve carta en la que el coronel Jouvet —que firmaba, si no entendí mal, con el seudónimo de Chevalier de Pas— aceptaba su dimisión irrevocable —no la había presentado ni loco Riverola— y le recomendaba dejar París antes de veinticuatro horas y para siempre.

Dicho esto, me pareció que Riverola en su litera sollozaba amargamente. Efectos del alcohol, tal vez. Después se empeñó en hacerme aprender unas complicadas contraseñas que él había tenido que memorizar en su breve paso por la profesión de espía.

A la mañana siguiente, al llegar a Lisboa, estaba Riverola más fresco que una rosa. Quiso saber, al despedirse, si yo recordaba las contraseñas de la noche anterior. Yo las recordaba muy bien después

del montón de rato que, con más resignación que un santo, había pasado aprendiéndolas de litera a litera.
—En bromuro pensó siempre el coronel —dijo Riverola.
—Pero yo ni recuerdo ni descanso —respondí.
—Pues recuerde que ellos trabajan sin descanso en la avenida Morskaya.
—Porque sus birretes son reversibles.
—Exacto —dijo un sonriente Riverola—. Y adiós, amigo. Que tenga una feliz estancia en Lisboa.
—Entraré sigilosamente en las barberías —le dije tratando de sorprenderle inventando una contraseña.
—Y que le afeite Igor Smurov —me contestó tras un breve titubeo.
—O mi padre. Yo le acompañaba a medir distancias entre farmacias.
Con esta nueva contraseña logré sorprenderle. Se quedó un momento mudo.
—Bueno, adiós —dijo finalmente, y comenzó a bajar del tren.
—Adiós —le dije ya en el andén—. Por cierto, supongo que se habrá dado cuenta...
—¿Otra contraseña, amigo?
—No. Si se ha dado cuenta de que usted y yo nos parecemos mucho.
—La nariz, eso es todo —dijo mirándome con cierta desconfianza. Y se alejó. Yo me quedé allí, no sabiendo si seguirle. Le vi marcharse con paso firme y posiblemente feliz. Me quedé pensando en lo raro que había sido todo y en que la desconfianza es la

esencia misma del lenguaje de los espías y que tal vez eso explique por qué tantas veces las conversaciones entre ellos son tan absurdas y herméticas, parecen contraseñas.

Contaría la historia de Riverola por la noche en la conferencia de la calle Verdi. Eso me dije en la soledad de mi estudio. Y después me imaginé bajando por la calle Durban a las siete y media de la tarde de aquel día, dispuesto a dar la conferencia. La calle Verdi no podía estar más cerca de mi casa del barrio de Gràcia. La calle Verdi era paralela a la calle Durban. Si mis cálculos no fallaban, tardaría diez minutos en llegar al local de la asociación de vecinos. Sería el primero de todos en llegar a la sala de conferencias y lo haría poniendo una cara de inusitado interés, como si no fuera yo el que iba a hablar sino el primero que llegaba allí con la intención de escuchar. Iría vestido con abrigo y pajarita, imitando a Pessoa, como si estuviera entrando sigilosamente en una barbería de Lisboa.

Contaría por la noche en la calle Verdi la historia de Riverola y luego pasaría a contar cómo siendo un niño me tocó espiar, con dolor hondo y muy agudo, las angustias de mi padre. Para ello me remontaría a esos días somnolientos de mi infancia de posguerra en los que, como ya le insinuara en forma de falsa contraseña a Riverola, me dedicaba a acompañar a mi padre por las calles de la parte alta de la ciudad de Barcelona, donde él, valiéndose de una modesta cinta métrica, medía las aceras buscando encontrar la distancia legal entre dos farmacias y así, con el dinero prestado por un generoso familiar, hallar un hueco para abrir la suya. Lo hacía siempre inclinado con extrema melancolía sobre el asfalto. De tanto agacharse, comenzó a tener cierta relación con el recóndito, siempre misterioso, mundo de los subsuelos. La vida estrepitosa y secreta de ese mundo terminó por encontrar en él a un observador tan atento como infalible, simultáneamente espía y cómplice.

Yo le acompañaba como el niño de *Ladrón de bicicletas*, que era su película favorita, tal vez porque era la única en la que, al identificarse con el protagonista, no había podido reprimir el llanto. Yo le acompañaba y espiaba tanto su angustia por dar de comer a sus hijos como la angustia que parecía ir agigantándose en él a medida que iba comunicándose cada vez más con el mundo enigmático de los subsuelos, un universo que siempre me ha parecido forjado a base de los más variados caprichos de lo invisible.

Espiaba a mi padre con un sentimiento únicamente de dolor, de profunda preocupación por él. No podía ni sospechar en aquellos días que pudiera existir también placer en el espionaje. Le espiaba con un dolor infantil muy hondo y agudo, de modo que puedo decir que hasta que espié a Dalí no supe que en la actividad del espía una inagotable fuente de placer convivía con la del dolor en rara pero perfecta armonía.

Contaría por la noche en la conferencia de la calle Verdi cómo mi padre vivía sufriendo cotidianamente una doble angustia: la que le producía la amenaza del hambre que se cernía sobre su familia y la que le llegaba procedente de los caprichos subterráneos del mundo de los de abajo. Y hablaría también de esa tercera angustia, la peor de todas: la que, por culpa de haber leído a Unamuno, se fue añadiendo a las otras dos mientras recorríamos, en aquellas tardes de agosto, el barrio de la Bonanova.

Esa tercera angustia era bien simple y, al mismo tiempo, bien trágica: mi padre había empezado a sospechar que no éramos inmortales, y eso le quitaba de noche el sueño y de día el aliento para medir baldosas, vivía en la angustia permanente de saberse mortal, se derrumbó como un castillo de naipes su creencia en la existencia de Dios y un día, a su manera, me lo hizo saber.

–El cielo no existe –me dijo de golpe mientras se encontraba agachado con su cinta métrica a la entrada de una lujosa mansión de aquel barrio, la Bonanova, al norte de Barcelona.

–¿Cómo lo sabes? –le pregunté.

–Tu padre está leyendo a Unamuno, que es un gran pensador español y que vivió en la angustia desde el momento en que descubrió lo que yo acabo de constatar: el cielo no existe. Desde aquí abajo tu padre lo ve perfectamente, ve que el cielo es mentira y también ve que todo es una mierda.

Se le quedó la expresión rígida como un espasmo de dolor. Hoy en día aquella cara me recuerda a la del barbero de la calle Durban.

–Pero me gustaría –prosiguió mi padre– que guardaras el secreto, que no se lo dijeras a tu madre. Ella merece seguir siendo feliz, no le deseo para nada un perfil desgraciado.

–No voy a decírselo.

Me sentí por un momento muy orgulloso de ser el cómplice de mi padre.

–Hay cosas –dijo él– que los niños, como los hombres, deben saber callar. Recuerda lo que acaba de decirte tu padre si no quieres tener de mayor... –se quedó pensando el final de la frase y acabó repitiéndose, se ve que le había gustado la expresión–... un perfil desgraciado.

Para perfiles desgraciados el suyo. Me quedé mirándolo, casi daba pena leer la angustia en la trágica rigidez de su rostro. Durante muchos años pensé que todo era culpa de Unamuno –y hasta evité leerlo–, pero hoy, a la sombra de esta morera centenaria desde la que escribo, tengo para mí muy claro que también influyó en mi padre su estrambótico contacto con las voces del subsuelo, una forma muy extraña de pisar la luz del día, una extraña forma de vida, como extraña fue mi lectura de que el cielo no existía y que yo entendí a mi manera –después de todo sólo tenía nueve años–, pensé simplemente que las nubes y el azul que nos cubrían eran un falso techo pintado por los hombres.

Una hora después, hasta me sentía feliz bajando

por la calle Balmes, cogido de la mano de mi padre, dominado por la falsa impresión de que el cielo no era más que una inmensa y triste capa de pintura, a veces móvil. Una parecida visión del cielo volví a tenerla años después, siendo ya un adulto, en Madrid. Tras llevar días y días escribiendo en un piso muy alto de un hotel, aislado completamente de cualquier ruido, y estando por así decirlo muy cerca del cielo, tuve que mudarme para seguir escribiendo, y trasladarme a un piso de la planta baja que daba a la calle, que era extraordinariamente ruidosa y en la que, para colmo, unos obreros trabajaban con una perforadora. Si me mudé a esa planta baja fue porque de ella esperaba que, al ponerme en contacto con las voces más remotas e imaginarias del subsuelo, tuviera la gran virtud de ayudarme a escribir el primer volumen de esa trilogía de corte rigurosamente realista con la que me proponía yo hablar de la gente modesta de mi calle de Barcelona, de la gente de la calle Durban, de los desheredados de la vida.

En otras palabras, durante unos días en Madrid yo estuve convencido de algo que hoy me parece totalmente absurdo; estuve convencido de que sólo podría escribir sobre los derrotados en la vida, *los de abajo,* si me encontraba lo más lejos posible del insoportable silencio del cielo.

Contaría todo esto por la noche en la calle Verdi y, tras mi breve incursión en los días equivocados de Madrid, regresaría a esa tarde de agosto en la que, bajando por la calle Balmes con mi padre, hasta llegué a sentirme feliz creyendo que el cielo era un simple techo pintado que a veces se movía.

Y contaría también cómo ese estado de infantil felicidad quedó truncado cuando, al ponerme de pronto a espiar a mi padre con el simple rabillo del ojo, descubrí que en aquel momento andaba más angustiado que nunca, lo que quedó poco después plenamente demostrado cuando, al detenernos en un paso de peatones de la Vía Augusta, él volvió a sentir la necesidad de comentarle a alguien la profunda pena que le atenazaba. Como carecía de amigos, y ese día él no tenía ni el más mínimo de los escrúpulos, no se le ocurrió mejor cosa que traspasarme la angustia a mí.

–Tengo crisis de fe –me dijo–. Es mejor que lo sepas, ya eres mayor para comprender lo que tu padre te dice. Sospecho que Dios no existe. Es más, sospecho algo todavía más terrible. No hay nada después de esta vida. Nos morimos y ya está.

–¿Y ya está?

–Me temo mucho que sí, que ahí acaba todo.

–Entonces, ¿no vamos al cielo?

–Ya te he dicho que el cielo no existe.

Dicho esto, y sin darse cuenta de que su sinceridad y, sobre todo, su infantilismo agudo acababan de arruinarme la infancia, pasó a anunciarme que seguiríamos asistiendo a misa los domingos para que mi madre no se llevara el disgusto de su vida, para que no tuviera nunca un perfil desgraciado.

–No vale la pena que ella viva amargada –me dijo–. Por eso es importante que me guardes muy bien el secreto. Aunque me veas en misa los domingos rezando, en realidad yo sólo estaré simulando que lo hago. ¿Me guardarás el secreto?

Lo guardaré, dije compungido, aunque al mismo tiempo satisfecho de que cayera sobre mí, por primera vez en la vida, una responsabilidad. Lo guardaré, repetí. Así me gusta, dijo. La luz verde del semáforo nos estaba indicando que podíamos cruzar la Vía Augusta, pero a mi padre no se le veía muy dispuesto a hacerlo. Tenía fuertemente cogida mi mano y se había quedado extrañamente inmóvil, como si hubiera vuelto a entregarse a los crujidos de la vida secreta de los subsuelos. Parecía un zorro al acecho, y ya sólo le faltaba, para parecerlo todavía más, que se le erizaran salvajemente las orejas. Volvió a preguntarme si sería capaz de guardarle el importante secreto. Iba a responderle de nuevo cuando me di cuenta de que no me lo había preguntado a mí. Me pareció que más bien estaba dialogando con alguna de las voces que, desde hacía un cierto tiempo, le tenían atrapado y angustiado.

No sé cuánto rato estuvimos allí parados, completamente inmóviles. Habríamos parecido una estatua erigida en honor de la inmortal pareja Padre-Hijo de no ser porque de inmortales, acababa yo de enterarme, no teníamos nada, absolutamente nada. Nos morimos y ya está, había dicho mi padre. La frase retumbaba en mis oídos. Una sensación de profundo horror y disgusto se había apoderado de mí. Un disgusto acompañado de gran enfado hacia mi padre, pues me decía yo que él podría haberse informado mejor antes de engendrarme, y así me habría ahorrado aquel mal trago de nacer para enterarme de que tenía que morir después de unos breves años de residencia en la tierra, morir era el único destino posible de aquella extraña forma de vida que mi padre –como todos los padres del mundo– había tenido el capricho de darme.

No sé cuánto rato estuvimos allí parados, medio muertos frente al semáforo. Sólo sé que en cierto momento dejé de sentirme molesto con él y pasé a estar únicamente preocupado por verle allí tan estático y angustiado.

–Papá –le dije–. Pareces una estatua.

Fue casi un milagro. Él volvió a la vida, como si mis palabras le hubieran puesto de nuevo en movimiento.

–Que tu madre siga siendo feliz en la iglesia, eso es lo que a los dos debe importarnos –me dijo.

Y poco después atravesábamos la Vía Augusta, yo más fuertemente cogido que nunca de su mano. Andaba muy reconciliado con él, dominado por una curiosa mezcla de sentimientos que iban de la ternura al amor y desembocaban en la tristeza que me daba notar que él sí tenía un perfil desgraciado.

De pronto, al llegar a la Travessera de Gràcia, mi padre, sonriéndome de una manera infinitamente seria, dijo:

–Nada, en realidad no pasa nada. Después de todo, la muerte es morirse.

Es posible que dijera esto para consolarse a sí mismo, no creo que lo dijera con cinismo. Pero lo cierto es que me sentaron muy mal sus palabras. Para no odiar a mi padre, volqué en los meses que siguieron toda mi rabia sobre algo más bien abstracto: sobre los veranos, en especial sobre la vitalidad tardía de los días de agosto. Y, de esos días, los que más comencé a odiar fueron los domingos, sin duda porque iban asociados al tormento de aquellas interminables misas dominicales en las que, fingiendo mi padre que rezaba, se dedicaba en realidad a emitir gruñidos que sólo yo percibía, aunque no entendía.

Se pasaba las misas simulando que rezaba cuando en realidad se dedicaba, en cuerpo y alma, a sostener un lúgubre zumbido, una queja en voz muy baja pero agobiante. Yo guardaba, con mucha zozobra y gran pena, su secreto. Y sufría preguntándome por qué no habría encontrado él más salida que la de lanzarse ciegamente a un estado como aquél, tan lamentable como desesperado. En compensación a tanto desvarío, mi madre vivía feliz, ajena al drama, convencida de que era mi padre el hombre más piadoso de la tierra. Yo espiaba con angustia aquella felicidad de mi madre, y con el mismo ánimo angustiado espiaba la farsa pagana de mi padre. Y, estando así las cosas, no es extraño que las misas se me hicieran interminables, pues a mi espionaje doble y angustiado de mis padres había que añadir el peso de plomo de los sermones, las consagraciones de la hostia y tantas genuflexiones. Interminables aquellas misas. Un domingo decidí buscarme algo para entretenerme un poco, y no se me ocurrió mejor cosa que tratar de averiguar de qué hablaba mi padre con las voces del subsuelo.

Hasta entonces, como no me había ocupado a fondo de aquel caso, no había acertado a cazar en el lúgubre zumbido de mi padre ninguna frase que fuera más o menos coherente. Pero ese domingo puse manos a la obra y escuché el murmullo raro y los gruñidos de mi padre con una atención fuera de lo normal.

Agucé el oído, como suele decirse. Y lo hice como si fuera un espía consumado.

Sólo acerté a oír esto:

—¿Y entonces a qué vengo?

Y poco después, dicho casi con un lamento de sacristía o de ultratumba:

—Vaya, hombre, ¡ni que yo fuera tonto!

Fuera de la iglesia, llovía. Creo que eso le dio un aire de mayor misterio a las palabras del discurso zumbado de mi padre. Aquel mismo domingo, al salir de la iglesia, decidí que iba a ponerme a la altura de él, a su altura zumbada. Aprovechando que mi madre andaba algo rezagada, le pregunté a bocajarro a mi padre de qué hablaba con las ratas de la cripta y de las catacumbas de aquella iglesia.

Tras la pregunta atrevida, me encomendé a Dios, aunque yo sabía que no era necesario, pues la pregunta no dejaba de ser coherente. Después de todo, había momias de monjas en los sótanos de aquella iglesia. Y eso lo sabía todo el mundo, hasta los niños. No era la mía una pregunta del todo extraña. Pero mi padre se empeñó en convertirla en rara al mos-

trarse totalmente perplejo ante lo que acababa de oír. Incrédulo, me pidió que le repitiera la pregunta.
—Que me gustaría saber —le dije— por qué te tratan de tonto las momias que hay debajo de la iglesia.
Mi padre perdió el equilibrio y vio cómo le volaba el paraguas.
—¡De tonto! —dijo, como si fuera el eco de una de las cosas que acababa de decirle. Y se quedó allí medio alelado, con los brazos en jarras, mojándose innecesariamente y en abundancia, no se sabía muy bien si enfadado o muy asombrado.
Se acercó mi madre y preguntó qué pasaba. Mi padre, al igual que cuando medía baldosas, se agachó y casi besó el asfalto para recuperar el paraguas. Y luego, incorporándose con aires majestuosos pero chorreando agua por todas partes, le dijo a mi madre:
—Pasa que nuestro hijo está loco.
Juré vengarme algún día. Me sentí tan molesto al ver que fingía no recordar que compartíamos un secreto que hasta estuve a punto de revelarlo allí mismo. Pero callé como un muerto, y después de aquello fueron pasando los días, muchos días y muchos meses en los que en ningún domingo faltó el lúgubre zumbido y la queja en voz baja pero agobiante. Yo aguzaba el oído y de vez en cuando oía alguna frase más o menos coherente, como ésta por ejemplo:
—En el corazón de Venecia se alberga el mal.
Le estuve dando muchas vueltas, en la tarde de

aquel mismo día, a esa frase. Y hasta llegué a preguntarme si las voces del subsuelo no habrían endemoniado el alma de mi padre. Tal vez era en su corazón donde se albergaba realmente el mal. Tal vez mi padre era como Venecia, un foco de abominación. ¿Y si ese mal tenía poder contaminante? ¿Y si todo inocente que se acercaba a mi padre, en caso de escapar, lo hacía ya con el alma dañada? Sabiéndome con el alma dañada, seguí espiándole domingo tras domingo. Hasta que un día, en plena consagración de la hostia, vi que mi padre me lanzaba, con mayor intensidad que de costumbre, una de sus miradas de profunda complicidad. Estuve a punto de volver a preguntarle de qué hablaba con las ratas, de qué hablaba con las voces del subsuelo cuando fingía que rezaba. Pero finalmente me contuve, me dediqué a espiar con gran atención escenas que tuvieran lugar lejos de donde se encontraba mi padre. Me dediqué a espiar con gran atención los movimientos de la eucaristía, la espié tal y como me habían contado que lo hacía, en los últimos meses de su vida, el padre de mi madre, mi abuelo, más conocido en familia por el mote de Barba Negra y al que yo siempre preferí llamar de otra forma, para mí él siempre fue el *voyeur* de la hostia.

Cuando ya por puro cansancio dejé de espiar los movimientos de la eucaristía, decidí, aquel día, volver a ocuparme de mi padre y enviarle una nueva mirada indagadora. Me pareció entonces ver que sufría como nunca. Allí estaba él, terriblemente angustiado y fingiendo que rezaba, pensándose mortal y muerto de pena, endemoniado. Muerto en definitiva. Muerto para vivir con alegría la vida. Y de pronto se hizo la luz en mi mirada de tierno espía. Tal vez fuera porque andaba todavía resentido por que hubiera él simulado no recordar el secreto que compartíamos, pero lo cierto es que de pronto, al mirarle y verle allí con la zozobra de un zumbido más lúgubre que nunca, me pareció descubrir en él a un pobre hombre cobarde. Dicho de otro modo, dicho con las palabras de quien está ahora, a la sombra de una morera centenaria, recordando el momento más crucial de su infancia: daba verdadero asco ver a tu propio padre, un hombre ya tan hecho y derecho, no atreviéndose a decirle a tu madre que él creía sólo en la materia y que la eternidad no era más que el pedazo de tierra donde le sepultarían un día. Un pobre cobarde.

No sé quién dijo –creo que fue Conrad– que los hombres nacemos cobardes y que ésa era toda una dificultad. Lo cierto es que me indignó tanto, aquel día, su cobardía que decidí arruinarle allí mismo su miedoso teatro. Justo cuando estaba más metido que nunca en su papel de ateo secreto, en pleno apogeo de uno de sus apelmazados zumbidos, cuando murmullos y gruñidos se estaban sucediendo con una intensidad ya para mí definitivamente embarazosa, puse en práctica por primera vez en mi vida, de un modo puramente intuitivo, esa forma de discreción que sólo está al alcance de aquellos que, aun sin saberlo, están predestinados a ser, el día de mañana, los más consumados espías: esa maligna y refinada forma de discreción que consiste en aparentar la ignorancia de un secreto ante la persona que con tanta ilusión nos lo ha confiado.

Arruiné su teatro pagano y dejé atrás la infancia para siempre. Me estaba diciendo que contaría todo esto por la noche en la calle Verdi cuando sonó el teléfono. Eso me llevó a preguntarme qué hora era y vi que el tiempo había pasado volando, me dije que esa vez descolgaría el teléfono, lo más probable era que fuera Carmina, estaba acostumbrada a encontrarme siempre en casa –los escritores somos como amas de casa, siempre trabajando en nuestro domicilio–, no era cuestión de que sospechara que pasaba algo raro.

Antes de dirigirme al pasillo a descolgar el teléfono, aún me quedó tiempo –como si no quisiera hacer ni una pausa en la preparación de aquella trascendental conferencia– para lanzar una furtiva mirada a todas aquellas notas que, divididas en diversos apartados –tantos como hojas holandesas–, había ido tomando a lo largo de la mañana de cara a mi charla nocturna en la calle Verdi: mi introducción intelectual al tema sobre el que giraba la conferencia, la pincelada frívola sobre la psicosis de espionaje que se había apoderado de los ciudadanos españoles, mi discreta pero firme vigilancia de los artistas, un viaje en tren con un espía profesional, la angustiosa cobardía unamuniana de mi padre.

Descolgué el teléfono con cierto miedo. Después

de todo, el teléfono siempre es una ruleta rusa. Por suerte, era Carmina, con su inconfundible voz nasal.

—Por fin apareces. ¿Qué ocurre? Llamo para recordarte que has de ir a buscar al colegio a Bruno una hora antes, a las cinco, hoy sale a las cinco, ¿te acordarás?

Apenas presté atención a lo que me decía, y es que de pronto, obsesionado como estaba con mi conferencia, me había quedado pensando en cómo enlazar la historia de mi espionaje de las angustias de mi padre con otra que no representara un salto demasiado brusco. Me había quedado pensando en dónde podía encontrar esa nueva historia, y apenas escuché a Carmina.

Al decirle que repitiera lo que acababa de decirme, montó en cólera y comenzó a chillarme. No soportaba a Carmina cuando se ponía de aquella manera y le colgué el teléfono, sus aullidos reventaban mis tímpanos. Aguardé que volviera a llamar, sabía que lo haría. En el ínterin, me pareció ver que la historia ideal para suceder a la del espionaje de la cobardía de mi padre podía ser —ya que andaba metido en asuntos de sotanas e iglesias— la historia de los últimos meses de la vida de mi abuelo, el insigne fundador de la truncada dinastía de espías a la que yo pertenecía, el hombre que en sus misas dominicales espiaba con todo detalle los movimientos de la sagrada hostia, que era como decir: el hombre que espiaba las extrañas formas que adoptaba Dios los domingos; el hombre que, por otra parte, había trabajado toda su vida en una óptica y que, al jubilarse, se convirtió en el espía de las demás ópticas de la ciudad; el hombre, en fin, que pasó los últimos días de su vida convertido en un perfecto *voyeur* de la hostia.

Volvió a sonar el teléfono, y esta vez aguardé a que apareciera la voz de Carmina en el contestador.

–¿Estás ahí? Perdona, sé que no debería haberte gritado, pero es que hoy andamos todos desquiciados aquí en el Museo.

Descolgué con la energía de quien desenfunda una pistola.

–¿Y qué culpa tengo yo de eso?

–Lo siento, sólo quería recordarte que hoy Bruno sale una hora antes del colegio.

–Bruno –dije–. No lo hemos comentado, pero supongo que lo has visto. Esta mañana no miraba al suelo ni decía cosas raras, ojalá tenga eso continuidad. Tal vez nos quede alguna esperanza de que vaya normalizándose.

En aquellos días nuestro hijo ocupaba gran parte de nuestras conversaciones, vivíamos preocupados por su extraña manera de ser, a pesar de que el psiquiatra que lo había visitado nos había asegurado que no debíamos inquietarnos, que nuestro hijo cambiaría, que todo aquello era pasajero: un inicial rechazo al mundo que rayaba en el autismo sin llegar a serlo, y una exagerada tendencia a huir de la realidad, lo que le llevaba a fantasear en demasía y a inventarse todo tipo de historias para evadirse de un mundo que le disgustaba. Pero todo eso no tardaría en cambiar, nos había asegurado el psiquiatra, el

niño iría poco a poco levantando cabeza e incorporándose a la realidad.
—Ya se está normalizando —dijo Carmina.
—Pero es que hasta cuando lo veo algo normal, me parece un monstruo.
Aunque también ella encontraba horrendo a Bruno, dijo no soportar que hablara de aquel modo de su hijo.
—Se está normalizando —repitió Carmina—. Además, ¿acaso era normal tu padre, que se pasó la vida investigando los mundos subterráneos? Si hasta habría tenido un sitio aquí, como investigador de mundos ocultos en el Museo de la Ciencia... Mirar al suelo, dices, de casta le viene al galgo. Y, en cualquier caso, te lo he dicho mil veces, no hay por qué inquietarse, el niño está en vías de cambiar. Tú mismo lo has dicho esta mañana. Gracias a que últimamente no lo hemos agobiado, ha empezado a moverse con más naturalidad, comienza a interesarse más por las cosas. Siempre estuve segura de que no se iba a pasar la vida haciendo el ganso.

Si a ella no le gustaba el tono que empleaba yo para hablar de Bruno, a mí tampoco el suyo cuando hablaba de mi padre, el espía de los subsuelos. Cargué, con mayor fuerza, sobre Bruno.

—También yo te he dicho mil veces que no deberíamos haber tenido hijos, pero tuviste el capricho de tenerlo, y ya ves lo que nos ha pasado.

—Bueno —dijo Carmina—, no es el momento ahora de discutir sobre esto, tú recuerda que debes ir a buscarlo hoy a las cinco.

Ir a la escuela a recoger al niño era todo un martirio diario para mí, era lo peor de todo cuanto por aquellos días me tocaba hacer por la familia, a veces me veía obligado a interrumpir un párrafo decisivo de mi novela y salir disparado a buscar al colegio a mi horrendo hijo. Se la tenía jurada a Carmina porque ella, con la excusa de que empalmaba su trabajo en el Museo con unas clases de ballet clásico, había sabido muy hábilmente librarse de la tortura que para cualquier persona normal significaría tener que ir a recoger a Bruno, a nuestro horrendo hijo, tal como lo calificaba su tía Rosita con toda la razón del mundo, por mucho que sólo lo hubiera visto en contadas ocasiones, porque el niño era a todas luces horrendo, y esto lo veía todo el barrio, lo veía todo el mundo, y tanto era así que hasta lo veía su propia madre, que por algo había sido tan lista de matricularse en aquellas clases de baile que la tenían ocupada precisamente hasta media hora más allá de las seis de la tarde, que era cuando el monstruo, ese hijo sin instinto alguno para espiar la vida, se quedaba sentado sobre su cartera a la puerta del colegio aguardando a que fuera a buscarle y le trasladara hasta esa alfombra del salón de casa donde se pasaba el resto del día jugando o estudiando siempre con la cabeza bien baja, aunque en ocasiones la levantaba levemente y se dedicaba a verbalizar sus extravagantes fantasías.

—Bueno, debo dejarte, yo también he de seguir trabajando —dije en un intento de zanjar la conversación, no me sobraba el tiempo para seguir preparando la conferencia.

Pero entonces Carmina quiso saber si había avanzado mucho en la novela aquella mañana. Nada quise decirle de que había aparcado mi trilogía, *Perfiles desdichados*, para dedicarme a preparar la conferencia que por la noche daba en la calle Verdi. Nada habría podido resultarle más raro y sospechoso, porque ella sabía de sobras que aquella charla carecía de importancia para mí, sabía muy bien que, como de costumbre, iba a conferenciar sobre «la estructura mítica del héroe», que era de lo que siempre hablaba cuando me contrataban para una charla. Decirle que andaba preparando minuciosamente mi conferencia de la calle Verdi habría sido como hacerse el haraquiri, habría sido situarla en la pista de la probable presencia de Rosita en la misma.

Le dije que había escrito tres folios y medio sobre la tragedia del barbero, y me preguntó enseguida de qué barbero y de qué tragedia le estaba hablando. Caí en la cuenta de que nunca le había comentado nada sobre aquello y le hablé entonces de Vicente Guedes, el barbero de la calle Durban, el hombre que había perdido, hacía algunos años, a su mujer y a su hijo, atropellados por el coche de un borracho.

—Aunque no me lo ha confesado directamente —le dije a Carmina, aventurando una interpretación—, creo que identifica a su mujer y a su hijo con la barbería. El pobre hombre se ha refugiado en ella, pues es lo único que le queda en la vida.

—Qué tontería —dijo, por todo comentario, Carmina.

—Pues no es tan raro —respondí enojado—, no es

tan raro lo que te digo, y menos aún una tontería. ¿O es que no has oído hablar de esas personas que sustituyen el afecto hacia los seres queridos por un gran amor, por ejemplo, hacia un loro?

—Qué tontería —repitió ella, y se produjo un largo silencio, cierta tensión, hasta que yo, tratando de justificarme por la extrañeza que hubieran podido producirle mis palabras, traté de explicarme mejor:

—Todos necesitamos amar a alguien o, en su defecto, a algo. En el caso del barbero esa necesidad de ternura creo que la ha volcado sobre su barbería. De esa extraña variante de la ternura es de lo que he estado escribiendo esta mañana.

Creía haber hablado de forma muy convincente, pero seguramente no debió de ser así porque de pronto Carmina, cuando menos lo esperaba y como guiada por su —hay que admitirlo: extrema— intuición femenina, me preguntó a bocajarro si su hermana Rosita había vuelto a dar señales de vida.

Maldije el día en que, buscando que se enterara de que todavía quedaban mujeres que suspiraban por mí, le conté que su hermana había reaparecido y me había llamado con la intención de volver a verme y pasar revista a nuestro pasado amoroso. Me arrepentí enormemente de haberle confesado aquel secreto.

—No sé nada de ella, ni ganas. Estoy ocupado con mi novela —dije.

Incómodo por el giro imprevisto y peligroso de la conversación, busqué darla por terminada de inme-

diato y me inventé que hervía desde hacía rato la cafetera en la cocina.
—Todo eso del barbero enamorado de su barbería me huele a chamusquina. Hasta tu voz me parece rara. No sé por qué me parece que anda por ahí rondándote la puta de mi hermana —dijo Carmina.
Intenté cambiar de conversación, pero resultó inútil. Entonces le dije que acababa de estallar la cafetera y colgué. Era cada vez más consciente de que no me sobraba el tiempo, de que debía seguir planeando qué diría por la noche en la conferencia, a menos que decidiera de golpe dejar a Carmina —a medida que iba avanzando el día me entraban cada vez más ganas de hacerlo— y me aventurara a fugarme con mi obsesión sexual, aunque eso a la larga dejara destrozada sin remedio alguno mi vida.

Me sentía muy mal después de la conversación con Carmina, incapaz de volver a mi escritorio. Me pareció que lo mejor sería que siguiera planeando mi conferencia en la calle. Y en ese momento volvió a sonar el teléfono, me dije que no me pondría, seguro que volvía a ser Carmina. Encaminé mis pasos hacia el lavabo, donde me duché, y después me vestí tranquilamente. Me miré al espejo con las habituales precauciones de siempre: a pesar de los años que llevaba conviviendo con ella, no podía soportar mi nariz exagerada, la culpable de que todo el mundo me llamara Cyrano y no por mi nombre de pila o por el de escritor.

Mientras orinaba, mientras vaciaba mi vejiga, tuve la agradable sensación —no era, desde luego, la primera vez que esto me sucedía– de estar participando en el flujo natural de la vida. Orinar es aburrido y yo siempre supe buscarme cosas en las que pensar cuando vaciar mi vejiga se volvía urgente. Aquel día, como tantos otros, tiré de la cadena antes de terminar y contemplé fascinado cómo el agua y mi orina se mezclaban en un acto creativo semejante al de fundar el mundo o escribir una novela. Cuando más feliz me encontraba, más extasiado con mis pensamientos, a punto de dejar de orinar, me llegó el eco lejano de una conversación que estaba teniendo lugar en aquel momento en el patio interior. Instintivamente, casi por deformación profesional, agucé el oído. Hablaba desesperada una mujer madura y se quejaba de que se le había estropeado aquella mañana el coche; con una mezcla de fastidio y gran angustia, imitaba el ruido del motor al declararse averiado. La imitación debió de calmarla, comenzó a hablar con más tranquilidad, como si hubiera empezado a comprender que nada podía hacer ante aquella contrariedad. Su interlocutora, pronto averigüé que era su madre, dijo algo que no pude oír –estaba fuera de mis posibilidades de escucha–, pero que pareció terriblemente enojoso para la mujer que imitaba su motor averiado, logró romperle del todo la calma recién estrenada.

—No digas tonterías, madre. Estás de asilo, sólo te gusta llevarme la contraria.

Siguieron otras palabras inaudibles de la madre, y a continuación un nuevo ataque de moderna ira urbana.

—Ya basta de estupideces, madre. No tengo tiempo para discutir contigo. Yo necesito el coche, ¿me oyes?, necesito el coche. Todo el mundo tiene coche. Claro que hay autobuses y metros, también se puede ir andando, pero yo necesito el coche. Hoy mismo, sin falta, tengo que transportar una tela. Necesito el coche.

Nuevas palabras inaudibles de la madre.

—Pero bueno, ¿es que te has vuelto loca? Todo el mundo tiene coche.

Terminé de orinar, retumbaba en mis oídos la palabra coche, no estaba dispuesto a escucharla más. Cerré la ventana que daba al patio interior, me peiné, di un vistazo último a mi odiosa nariz de Cyrano, me dispuse a salir de casa. Al pasar por el pasillo, pulsé el botón del contestador automático, y oí este escueto mensaje de Carmina:

—Ninguna mujer te quiere tanto como yo.

Seguían unos tibios sollozos.

Al ir a salir, al dirigirme hacia la puerta de casa, me entretuve de pronto frente a la ventana desde la que se veía la calle Durban. Me entraron unas ganas locas de tomar mi catalejo y espiar lo que estaba pasando en aquel momento en mi territorio novelesco. Cedí a estos deseos repentinos y tomé el catalejo. Pegado mi ojo al anillo de goma negra y confortable, espié por unos momentos todos los movimientos de la calle. Mi mirada se posó en la nariz fría y puntiaguda de la pobre señora Julia, que seguía sentada, con mirada extraviada, frente a la puerta de su vieja bodega. Cada vez parecía más evidente que su marido había muerto. Después, remonté el vuelo de mi mirada y me quedé observando con tal precisión un jilguero que tuve que cerrar el ojo instintivamente cuando el pájaro adelantó su modesto pico.

Saqué a pasear a mi conferencia. En la portería recogí la correspondencia –bastante abundante, una satisfacción casi diaria– y la guardé en un bolsillo de la americana, saludé al portero cojo, que repitió con indolencia mis palabras:
–Buenos días.

Nada más alcanzar la calle, me llegó como tantas otras veces una repentina y muy reconfortante sensación de libertad, liberarme del escritorio y del olor literario a encierro solía sentarme bien.

Bajando por la calle Durban, me dije que por la noche, cuando me dispusiera a hablar de mi abuelo, lo mejor sería que comenzara diciendo que el *voyeur* de la hostia fue el hombre más sensato de la tierra hasta el día en que se jubiló. Ese día hubo ciertas complicaciones, dejó de ser por unos momentos el hombre sereno y cuerdo que había sido toda su vida.

Precisamente ese día, ni uno antes ni uno después, mi abuelo, rodeado de toda su familia y de las familias de sus más fieles colaboradores, hacia el final del almuerzo dado en su honor –tuvo lugar en este mismo jardín en el que ahora estoy escribiendo todo esto–, padeció un ligero trastorno mental que todo el mundo, aunque con cierta alarma, prefirió atribuir tanto al abundante vino ingerido como a la natural alegría que él sentía por haber dejado, tras tantos años al frente de Ópticas Perelló, el mundo del trabajo.

Aunque el incidente tuvo un cariz algo alarmante, nadie en ese momento intuyó, o quiso intuir, que podía estar anunciando el inicio, en la vida de mi abuelo, de una extraña andadura por un estrecho túnel, negro y delirante, al final del cual sólo acabaría brillando la luz –violeta terminó viéndola él– de una muerte sabia.

Aclararía a los asistentes a la conferencia que la historia del ligero trastorno de mi abuelo la conocía por mi madre, pues yo sólo tenía tres años cuando todo aquello sucedió.

–La reunión –me contó mi madre– transcurría de una forma muy agradable y a mi abuelo se le veía de un excelente humor y muy conversador. Nada hacía presagiar el drama cuando de pronto pidió la palabra para agradecer a todos que se hubieran reunido con él en aquel día tan esperado y feliz de su jubilación. Contó cómo había entrado en la empresa como empleado de tercera categoría y cómo en muy poco tiempo se había ganado la confianza del señor Perelló y había alcanzado la dirección de la empresa y cómo había sabido mantenerse treinta años al frente de la misma, treinta años magníficos.

Hubo un aplauso cerrado después de estas palabras. Todo parecía marchar por los mejores derroteros. Estaban sentados a la sombra de la morera centenaria del jardín de esta casa familiar de Premià, y la luz primaveral y del mar lucían como en sus mejores momentos. Mi abuelo, acariciándose la corbata que llevaba fijada con un alfiler en forma de concha, volvió a agradecer a todos que se hubieran reunido en torno a él para celebrar su jubilación, y acabó diciendo:

—Es el acontecimiento más importante de mi vida el que estéis vosotros hoy aquí, y ni tan siquiera lamento la ausencia del señor Perelló. Me siento muy feliz de veros a todos hoy conmigo, aunque debo deciros, conviene que lo sepáis, que no me ha cogido por sorpresa vuestra visita, pues la verdad es que fui advertido a su debido tiempo por una mandarina.

Una mandarina.

La palabra quedó suspendida en el aire, solitaria, única. Nadie podía decir que no la había oído. Todos los comensales se quedaron con el tenedor en alto, mirándose los unos a los otros.

¿Advertido por una mandarina?

Mi abuelo enrojeció. Inclinó la cabeza sobre el plato, y las fresas mancharon su corbata, y durante unos segundos la consternación fue general. Hasta que alguien ensayó un tímido aplauso, posiblemente nervioso, que fue seguido por todos los comensales, y mi abuelo recuperó entonces su buen humor.

—Estoy tan contento de vosotros —dijo— que no me importa en absoluto que no haya venido el señor

Perelló. Después de todo, no ha sido para mí una sorpresa su ausencia, pues ya fui a su debido tiempo advertido por... su secretario.

Por un momento todo el mundo creyó que iba a repetir lo de la mandarina, de modo que terminaron respirando aliviados, cerrando sus palabras con un renovado aplauso. Después, el almuerzo continuó por cauces muy normales y el incidente de la mandarina quedó prácticamente olvidado.

En los días que siguieron quedó olvidado del todo, pues a mi abuelo se le veía feliz a todas horas del día, feliz sin trabajar. Hacía todo tipo de solitarios por las mañanas, silbaba canciones de sus años mozos tras los almuerzos, recibía visitas al atardecer, y leía o releía hasta altas horas de la noche libros que relataban viajes a países que le hubiera gustado conocer.

Pero la procesión iba por dentro. Una mañana, mi abuela lo encontró casualmente en el centro de la ciudad mirando con extraña fijación el escaparate de una tienda de óptica. Al preguntarle qué estaba haciendo allí, mi abuelo le contestó con la mayor naturalidad:

—¿Y a ti qué te parece? ¿O es que acaso no lo ves? Espiando a la competencia. De un tiempo a esta parte creo que se nos están adelantando en todo.

Se convirtió de pronto en el espía de las ópticas. Había sido tan grande su fidelidad a la empresa en la que siempre había trabajado que parecía incapaz de dejar de velar por ella. Comenzó a visitar las oficinas de Ópticas Perelló y a pasar, sin que nadie se lo

hubiera pedido, todo tipo de informes acerca de las tiendas de la competencia.
  Al principio los empleados, al volver a verle por la empresa, apenas se sintieron sorprendidos, casi lo juzgaron normal.
  —De vuelta, ¿eh?
  —Sí, de vuelta —decía mi abuelo, sonriente.
  Todo se complicó cuando, pasadas unas semanas, aumentó el ritmo de sus visitas a las oficinas de Ópticas Perelló. El nuevo director, un joven cargado de muy poca paciencia, comenzó a sospechar que mi abuelo podía padecer la enfermedad de los trabajadores que son fieles hasta la muerte a sus empresas. La sorpresa surgió cuando, al comenzar el joven director a sacarse de encima a mi abuelo, primero con buenas palabras y luego negándose en redondo a recibirle, mi abuelo reaccionó de la forma más inesperada, ya que no se mostró para nada deprimido ni ofendido sino más bien todo lo contrario. Se le veía feliz de que le hubiera ocurrido aquello. El día en que no le dejaron entrar ya ni siquiera en el edificio de oficinas de la empresa, le dijo al portero con palabras largamente pensadas:
  —Dígales a todos que nada podría indignarme tanto como que me extrañasen en la oficina.
  Mi madre siempre se reía cuando me hablaba de ese día en que a él le prohibieron la entrada al edificio de su antigua empresa; fue el día en que, por raro que parezca, él se sintió liberado *de verdad* de los días laborales. Para él la verdadera fecha de su jubilación fue la jornada aquella en la que se le impidió el paso a

Ópticas Perelló, pues ese día sintió que había logrado por fin ser dueño de su destino, amo absoluto de su jubilación. Nunca se había sentido conforme con la fecha que le habían impuesto para jubilarse, y siempre se dijo que esa fecha la decidiría él por su cuenta. Y así lo hizo. No se jubiló hasta que él quiso, eligió el día en que vio que ya nadie iba a echarle en falta en aquellas oficinas. En secreto mi abuelo iba alimentando un plan para morirse tranquilo, para morirse en paz sin que nadie le llorara en la familia o lo echara de menos en la oficina. Pero ese plan era secreto, y por eso muchas cosas de las que hacía o decía sembraban el estupor o la desolación entre sus seres queridos. Como por ejemplo el día en que de repente dijo sin venir a cuento:

–Pasamos por la vida ciegos. Ni siquiera sabemos cómo se mueve Dios ni tampoco cómo se mueve el sol.

Esa frase iba a resultar profética de lo que estaba próximo a suceder. Tal vez nada hubiera ocurrido si no hubieran salido de viaje el abuelo y la abuela. Mi madre les animó a darse una vuelta por España y les organizó un viaje con paradas en Zaragoza, Madrid, El Escorial y Sevilla. Ellos aceptaron encantados la idea, y a finales de un mes de mayo de hace cuarenta y cinco años subieron a un tren en la estación de Francia. Toda la familia fue a despedirlos. Mi abuelo, de buen humor, quiso amargarles a todos un poco el día y soltó una de sus frases raras poco antes de que partiera el tren:

–Soy del tamaño de lo que veo.

—¿Qué quieres decir, abuelo?
—Te miro sin saber si veo. En Zaragoza mi abuelo, que parecía haber rejuvenecido veinte años, se compró unas gafas de sol, las primeras de toda su vida. Parecía un niño con zapatos nuevos. La ciudad le traía, además, gratos recuerdos, pues en ella habían engendrado a mi madre. Con sus flamantes gafas de sol llegó mi abuelo a Madrid. Dijo sentirse deslumbrado por tanta belleza. La ciudad le entusiasmó por los notables cambios que creyó descubrir en ella después de casi medio siglo de no visitarla. Y se reprodujo en él peligrosamente cierta fascinación por los escaparates de las tiendas de óptica, lo cual inquietó bastante a mi abuela, que terminó por adelantar la fecha en que debían viajar a El Escorial, pensando sin duda la abuela que allí podría distraerse con otras cosas, como así ocurrió.

Fue extraño lo que pasó. Fascinado de pronto mi abuelo por ese pequeño cuartucho que recordaba a una tumba y en el que Felipe II, a través de un minúsculo agujero del tamaño de un ojo humano —un agujero abierto en la pared contigua a la pequeña capilla real—, asistía a misa y, en soberbio espectáculo íntimo, espiaba, en la soledad de su cuarto tan parecido a una tumba, los movimientos de la eucaristía, mi abuelo no quiso ser menos y decidió que haría él lo mismo en su casa de verano —esta casa de Premià desde la que hoy escribo—, es decir, decidió que también él espiaría desde un cuartucho secreto los movimientos de la hostia.

A pesar de lo extravagante de la idea, a mi abuela le pareció que cualquier cosa era mejor que correr el riesgo de que volviera a ensimismarse con los escaparates de las ópticas. Cancelaron el viaje a Sevilla y regresaron precipitadamente a Barcelona, por donde pasaron velozmente, camino de Premià. Mi abuelo tenía prisa por llevar a cabo su proyecto. Mi abuela colaboró en todo. Pensaba que era mejor aquello que correr más altos riesgos. Pero ya dicen que es peor el remedio que la enfermedad. Acondicionaron el cuartucho, le dieron involuntariamente un aire aún más siniestro que el de una tumba, abrieron en la pared un agujero del tamaño de un ojo humano para que mi abuelo pudiera espiar a placer, lejos del mundanal ruido de la familia, los movimientos de Dios en la capilla contigua. Pensaron todos que dejaría tal vez de incordiar, entretenido como estaría en aquella flamante nueva ocupación que, aun siendo extravagante, era del todo inocente.

Pero de nuevo sucedió lo imprevisto cuando el abuelo, al poco de inaugurarse la estación veraniega, creyó descubrir que los domingos de fecha impar aparecía en torno a la hostia un círculo de color violeta que, en exasperada anarquía, acababa explotando de forma inesperada sobre el altar, liberando colores nunca vistos que se desplegaban formando sucesivas oleadas de luz que acababan languideciendo, como los colores de un crepúsculo siniestro, en la base de plata del copón.

Peor el remedio que la enfermedad. Porque lo

malo no fue que él viera todo esto los domingos impares, sino que los lunes, los martes, los miércoles, todos los días de la semana que seguían a una misa en la que él presenciaba la exasperada anarquía del círculo violeta, se dedicaba a contar, con especial insistencia, los pequeños detalles que rodeaban el extraño fenómeno.

Hacia el final del verano, mi familia ya no podía más, ya sólo se dedicaban a aguardar a que llegara el último domingo impar de aquella estación y que la pesadilla cesara al regresar todos a Barcelona. Ese último domingo impar de aquel verano fue el último día de la vida de mi abuelo, el espía de las ópticas, el *voyeur* de la hostia. Ese domingo, poco después del frugal desayuno que siguió a la misa, mi abuelo no paró de repetir, con una insistencia ya totalmente anormal y monstruosa, que había entrado en el área reservada a los elegidos por la Divina Providencia y que, teniendo en cuenta que pocos como él habían estudiado tan de cerca los pasos de baile de Dios, se veía en la obligación de informar a todos que el ojo del culo de la Santísima Trinidad le había decepcionado profundamente debido a que, en contra de lo que siempre había pensado, no tenía nada de humilde ni discreto.

Mi madre, que fue quien me contó todo esto, siempre me dijo que, aunque pudiera parecer lo contrario, nunca hubo locura en la conducta de mi abuelo en aquellos días finales de su vida, sino más bien una extraña, una muy rara sabiduría. Según ella, fue como si de pronto él, espiando la eucaristía, hubiera descubierto no los movimientos de Dios, sino simplemente el secreto de una buena muerte. Esa buena muerte consistiría en dedicarse a fastidiar, en los últimos meses de su vida, a los seres queridos. Es decir, convertirse de la noche a la mañana en un verdadero diablo, en un tipo insufrible, y así lograr que la gente asumiera más fácilmente esa muerte.

Le llegó al abuelo la muerte en la mañana del último domingo impar del verano cuando se encontraba a solas en su dormitorio preparándose para el habitual paseo dominical por el pueblo de Premià. Ese último domingo de su vida, tal vez fuera porque intuyó muy próxima la hora de su muerte, o tal vez porque se volvió el hombre más perplejo del mundo y perdió el equilibrio al percibir claramente el movimiento, no el de Dios, sino el de la esfera terrestre, lo cierto es que ese último domingo de su vida, fuera por lo que fuera, cuando estaba vistiéndose para el paseo por el pueblo, y antes de perder el equilibrio sobre la tierra y perder también su conciencia de la misma, dejó escrita para su mujer e hijos una nota cruel y rara de despedida que en el fondo sólo buscaba que respiraran todos con profundo alivio y no le extrañaran nunca después de que hubiera fallecido.

Dejó escrito esto: «En cuanto a Barba Negra y el señor Perelló, nadie volvió a verles nunca más. Se fueron los dos en silencio y de madrugada llevándose todo su equipaje de mano y maldiciendo a los imbéciles que esperaban heredar su dinero. Se fueron alabando a los humildes, a los discretos, a los desheredados de la vida. Ese capricho fue el último del verano. Se fueron porque no deseaban seguir por más tiempo la estela del círculo violeta.»

Con su desaparición quedó toda la familia muy descansada y hasta recuperaron el buen humor, y una tarde del verano que siguió al de la muerte de mi abuelo, estando sentados todos a la sombra de esta morera centenaria bajo la cual ahora escribo, les entró de pronto una risa floja y contagiosa y, a modo de venganza retardada, se desahogaron todos bautizando al abuelo con ese apodo –Barba Negra–, que ha perdurado hasta nuestros días. Y parece que hasta se dedicaron a parodiar su espionaje de la hostia y que un primo se disfrazó como si fuera mi abuelo e imitó a la perfección, entre grandes carcajadas, sus gestos y su voz. En aquel carnaval improvisado, los otros representaban sus propios personajes y le hacían preguntas a Barba Negra.

–¿Así que advertido por una mandarina?
–Soy del tamaño de lo que veo –respondía mi primo.
–¿Qué quieres decir, abuelo?
–Te miro sin saber si veo.
(De nuevo, grandes carcajadas.)

Tras el saludo al portero silencioso y cojo, al salir a la calle Durban normalmente la primera persona que me encontraba era también coja. Un vendedor de lotería que me molestaba inútilmente.

No había pensado incluirle nunca en mi trilogía porque le tenía bastante manía. Pero desde hacía dos meses ese hombre había desaparecido y, por una de esas cosas curiosas de la vida, le echaba bastante en falta. Había desaparecido de la noche a la mañana, y yo al principio había pensado que el hombre estaría enfermo, hasta que un día comprendí —y el portero cojo, con una extraña media sonrisa, me lo confirmó— que simplemente lo que sucedía era que aquel vendedor de lotería tan pelmazo se había muerto.
No me reí, nunca me hizo gracia la muerte de nadie. Nunca me gustaron las desapariciones. Además, siempre que un rostro de los que estaba tan acostumbrado a ver en la calle Durban desaparecía, un sentimiento de tristeza me invadía. Haber visto todos esos rostros tantas veces —y a muchos haberlos incluido en mi tríptico realista— había provocado que lentamente hubieran pasado a formar parte de mi geografía más íntima. Les observaba a todos como si fueran algo muy mío. Por eso cuando alguien se escapaba de las páginas del libro de mi vida, sentía una cierta desazón, pues haberles acechado en tantas ocasiones —y haber espiado sus vidas interrogándoles disimuladamente sobre ellas, sabiendo que como no leían no iban a enterarse de que eran personajes de un tríptico realista, y sabiendo además que nunca lo sospecharían pues a la calle Durban la llamaba Manacés y el barrio de Barcelona no se llamaba Gràcia sino Caeiro— me había llevado al convencimiento de que todos aquellos rostros de los

de abajo tenían algo de rostro mío. Por eso cada vez que uno de esos rostros desaparecía, yo me entristecía, supongo que en el fondo pensando únicamente en mí, pensando en que algún día también yo dejaría de andar por esa calle y otros vagamente evocarían mi rostro y se preguntarían qué habría sido de mí. Sí, ése era el verdadero porvenir que tenía yo como novelista con cierto futuro: no ser un día más que un transeúnte menos de la calle Durban.

Empecé a bajar la calle Durban. Vi que iba a llover, pero no quise volver atrás en busca de mi paraguas. Me quedé pensando en lo mucho que me molestaban las desapariciones. Por eso, la de Rosita anunciándome en su carta que iba a hacerse invisible, me parecía algo mucho más que intolerable.

Como intolerable me pareció de pronto la ausencia o, mejor dicho, la desaparición de Dios. Antes estaba en todas partes, pero en este siglo se ha esfumado, se nos ha evaporado. Me dije de pronto: Dios mío, me pregunto quién nos ve.

Y después me dije: A mi manera yo he tratado de comportarme como si fuera el Dios antiguo de los cristianos. A mi manera yo he tratado de estar en todas partes y espiarlo todo, espiar a todo el mundo. Extraña forma de vida.

Me convertí en el espía de mí mismo.
Iba bajando por la calle Durban yo aquel día, iba

triste y alegre al mismo tiempo, iba riéndome de una manera infinitamente seria, cuando de pronto me dio por volverme y mirar hacia la ventana de mi estudio, y fue tan cruel y tan dura la consecuencia inmediata de aquel repentino e innecesario espionaje en torno a cómo era mi estudio cuando yo me ausentaba, que hasta tuve que darme ánimos a mí mismo y decirme que no había para tanto y que en efecto era triste y desvaída la luz de mi estudio cuando yo no estaba pero que otras cosas compensaban aquella triste imagen: otras cosas como, por ejemplo, andar aquel día por la calle Durban sabiendo que por la noche, en una conferencia, iba a jugarme a cara o cruz la vida.

Jugar y espiar siempre fueron actividades, junto a la de escribir, muy parecidas y en verdad de las más excitantes que existen en esta vida. Eso andaba diciéndome yo aquel día bajando por la calle Durban cuando de pronto caí en la cuenta de que en realidad no estaba en modo alguno dispuesto aquella noche a jugarme la vida, a jugarme la vida por ella, por Rosita.

No la quería a ella, sólo la deseaba. Rosita buscaba ante todo fugarse conmigo, yo sólo quería continuar follándomela como antaño pero seguir con mi mujer, con Carmina, refugiado en un orden clásico que necesitaba para poder continuar escribiendo. Era absolutamente necesaria para mi estabilidad la seguridad que me daba el amor que Carmina sentía por mí. Sin esa seguridad yo sabía que no haría nada, que nunca llegaría a terminar mi tríptico realista

sobre los desheredados de la vida, mis humillados y ofendidos de la calle Durban.
Se oyó un trueno. Era indudable que no tardaría en llover. Recordé de golpe, como si el trueno me hubiera ayudado a ello, que era precisamente porque no pensaba jugarme la vida por Rosita por lo que proyectaba dar aquella conferencia que, con todo el cinismo del mundo y como si en verdad fuera a jugarme algo importante para mi vida, iba preparando minuciosamente, guiado además por la pretensión de dejar en Rosita el eco encantador de mis palabras a lo Scherezade, y así poder en parte aplacar mi mala conciencia por haber decidido conservar mi vida conyugal con Carmina, esa vida en la que por suerte pocas cosas estaban en juego, esa vida apreciable de televisión y pantuflas con la esposa querida y el hijo horrendo de la mirada nula y las peroratas extrañas.
Un cobarde. Un grandísimo cobarde, eso es lo que yo era. Un cobarde mucho peor que mi padre. Porque en realidad lo único que estaba deseando aquel día era fugarme con Rosita, con mi obsesión sexual, y olvidarme de estabilidades y del orden clásico y otras zarandajas. Todo eso me dije mientras me espiaba a mí mismo bajando aquel día por la calle Durban, hecho de nuevo un mar de dudas cuando creía tener desde hacía rato resuelto que me quedaba con Carmina y le decía adiós con tristeza y Scherezade a Rosita.
Me detuve, casi como petrificado, frente a la bodega de la señora Julia. Como si pararme allí fuera a

ayudarme a pensar más y a elegir de una vez por todas. Me convenía hacerlo cuanto antes, no podía pasarme todo el día indeciso, no podía estar todo el día preparando una conferencia si al final, poco antes de que empezara, iba a fugarme con Rosita. De pronto noté que sólo tenía ganas de dejar de preparar aquella conferencia y, abandonándolo todo, marcharme a los Mares del Sur con Rosita, pues eso iba a permitirme sentir el gran alivio de ver que yo no era un cobarde como mi padre, que yo no era un pobre diablo sin «estructura mítica», que no era el clásico y repugnante héroe de nuestro tiempo.

Pero lo pensé bien, muy bien. Y acabé diciéndome que primero y ante todo estaba el afecto, el amor sereno que me inspiraba Carmina, que, además, el mismo día en que nos conocimos me había prometido amor eterno, que era lo más grande que podía tener un hombre, un amor hasta la muerte. «Soy una mujer para toda la vida», me había dicho Carmina ese día. ¿Qué más quería? Pensando en aquella inolvidable frase, decidí que seguiría preparando la conferencia. Eso es lo que me dije parado como una estatua frente a la vieja bodega de la señora Julia, que seguía sentada en la calle mirando con ojos de desesperación hacia el infinito.

Ante todo y por encima de todo estaba el amor eterno; me serené por unos momentos haber tomado por fin una decisión tajante, pero eso no impidió que al poco rato me sintiera de pronto una lagartija ridícula que por no tener –del cielo encapotado habían empezado a caer las primeras gotas de lluvía– no tenía ni el amparo del sol. Y me sentí entonces de pronto un completo desgraciado, un cobarde, un moderno, un hombre sin paraguas, el triste héroe de nuestro tiempo, un pobre *voyeur* que se acababa de convertir en una estatua en plena calle Durban, en esa calle en la que vivían, desolados como él, los desheredados de la vida, la gente de perfil desgraciado del barrio de Gràcia, los personajes de mi trilogía. Y me sentí un transeúnte más que un día sería un transeúnte menos, un ciudadano –a causa de mi nariz, también de un notable perfil desgraciado– de los muchos que, espiándose a sí mismos, se pierden todos los días en la cotidianidad de una calle sombría de una lluviosa ciudad cualquiera.

La ligera lluvia se extendía en un crescendo de monotonía por la calle estrecha y umbría y, al buscar en mí qué clase de sensaciones eran las que tenía ante aquel caer deshilachado de agua sombríamente luminosa que se destacaba de las fachadas sucias y de las ventanas cerradas, no tardé en averiguar que lo que sentía era toda la amargura en la que se debatía mi vida aquel día.
Luego, dejé de ser el espía de mí mismo.
Le pregunté a la señora Julia por su marido.
La lluvia, ya oblicua, afiligranaba con su movimiento el aire triste de aquel día.
La señora Julia permaneció con sus ojos desquiciados mirando a un vago horizonte. Parecía que no

iba a contestarme cuando de pronto, con una voz sin entonación alguna, dijo:
—Se murió la semana pasada.
Me quedé de nuevo convertido en estatua, helado por el viento frío y la lluvia de aquel día. Había frío hasta en mi pensamiento. Comenzó en ese momento a llover con más fuerza y decidí alejarme de allí. Dejé atrás a la señora Julia, que, pese al agua que caía, seguía en su silla, sentada en la calle, imperturbable. Seguí bajando por Durban, pasando revista —como si de una formación militar se tratara— a algunos de los personajes de mi territorio literario. Me sentía muy satisfecho de haber prescindido siempre, ya desde el primer momento en mi obra narrativa, de todas esas ficciones que los novelistas imaginan sentados en sus escritorios. Lo mío era la calle. Lo mío, desde el primer momento, siempre había ido por otro lado. Me gustaba inventar, pero para eso ya tenía los artículos de prensa que me encargaban o las conversaciones con los amigos. Con esas dos cosas ya me era suficiente, con ambas me desfogaba sobradamente. Con las novelas la cosa iba por otro lado. Me gustaba fijarme en lo real. Dejar lo literario para interesarme por la vida, por ejemplo, de una cajera de supermercado.
　Bajando por la calle Durban, pasando revista a algunos de mis personajes, vi que no faltaban aquel día muchos, estaban casi todos, como a mí me gustaba que fuera. Allí estaba el electricista con su hijo autista, la señora rubia del colmado, la pobre cajera del supermercado, el carnicero y su mujer tubercu-

losa, las gemelas de la tienda de ultramarinos, la portera que se creía la Teresa de una novela de Juan Marsé, el enano siempre borracho que hacía recados para la pollería, el triste empleado del quiosco de revistas, el campechano vendedor de lámparas, la viuda de la mercería, el barbero, la novia del hijo de los dueños de la frutería, el camarero del bar Martí. Entré en ese bar para refugiarme de la lluvia. Pedí una ensaladilla rusa y saqué del bolsillo de mi americana la correspondencia. Del grueso montón no me quedó para leer más que una tarjeta postal que me había enviado mi hermano Máximo desde la isla venezolana de Santa Margarita y un pequeño sobre gris que desde hacía años me resultaba muy familiar. Eran unos sobres que me llegaban de vez en cuando, muy espaciados en el tiempo, como si obedecieran la ley del capricho del remitente, unos sobres anónimos. Quien los enviaba se dirigía a mí como si fuera un antiguo compañero de colegio y en cada una de sus cartas me informaba de asuntos relacionados con su trabajo o con la familia. Había empezado a mandarme sus mensajes hacía unos cinco años, y la primera carta fue tal vez la más inquietante: «Soy del barrio y contigo fui al colegio. Nos cruzamos a veces por Durban y tú me ignoras, se nota que te has olvidado de mí. Pero yo te espío y creo que sé mucho sobre tu vida. Ya es hora de que empieces a saber algo de la mía.»

Siguieron muchas más cartas, siempre todas en sobre gris, cinco o seis al año de promedio. Unas treinta cartas, algo en verdad agobiante, además del fastidio que representaba para mí saberme espiado y no tener ni remota idea de quién podía ser aquella persona que me observaba en secreto.

En los primeros meses de recibir aquellas cartas por poco me vuelvo loco, ya que sospechaba de todo el mundo y andaba por la calle Durban mirando amenazadoramente a más de un transeúnte en quien yo creía ver a mi anónimo remitente. Luego, acabé acostumbrándome a aquel fastidio. A veces, ni siquiera me molestaba en abrir los sobres grises, los arrojaba directamente a la papelera.

Abrí su nueva carta en cuanto terminé la ensaladilla. Vi que el camarero me miraba con especial atención, pero ni loco sospeché que fuera él su anónimo remitente, pues le conocía muy bien y era casi analfabeto y bastante tenía ya con su tragedia personal, que yo había debidamente reflejado en mi trilogía realista. Aquel camarero era un completo infeliz al que su mujer, que trabajaba en el guardarropía de la discoteca del barrio, lo había miserablemente engañado con el portero del local. Todo me lo había contado el pobre camarero un día, a lágrima viva. Lo más sorprendente era que la perdonaba.

—Como soy cristiano —me dijo sin dejar de llorar— le tenderé la mano el día en que ese chulo la abandone.

La tragedia de un santo camarero. Así había titulado yo el capítulo dedicado a sus lágrimas de cornudo.

—¿Estás mirando algo? —le dije aquel día viendo

que le había dado por espiar cómo yo me disponía a leer la carta del sobre gris. Se disculpó y se fue. Yo me puse las gafas sobre mi exagerada nariz y leí esto: «Me casé para que no se me escapara, y ahí la tengo ahora todo el día. Y el dinero que gano al malgastar la vida trabajando, lo toma ella de propina para pagar la ropita del niño y el lavavajillas y las estufas eléctricas. No puedo más. Voy a desembarazarme de ellos.»

Por primera vez desde que abría uno de aquellos sobre grises, se me escapó una leve sonrisa. Había que reconocer que en su último mensaje mi anónimo remitente había sabido superarse a sí mismo. Y además había escrito cosas que podía haber perfectamente escrito yo mismo hablando de Carmina y de mi triste hijo.

Viendo que el camarero cornudo, esta vez desde lejos, volvía a espiarme, le hice una señal enérgica para que viniera hasta mi mesa, y una vez ante ella le pedí, con tono ligeramente malhumorado, un zumo de tomate y una tapa de calamares. Cuando ya se dirigía a cantar mi pedido en la barra, le grité:

–Últimamente recibo cartas que podría haberlas escrito yo.

Entré sigilosamente en la barbería.

Cuando cesó la lluvia, dejé el bar, compré los periódicos del día, y entré en la barbería de la manera acostumbrada, con el placer de serme fácil entrar sin embarazo en los lugares conocidos. Por aquellos días, mi sensibilidad hacia lo nuevo era a veces muy angustiosa. Sólo tenía calma en los lugares donde ya había estado. Y la barbería había empezado a resultarme un lugar familiar. Desde hacía cuatro días iba allí a afeitarme con la intención callada de ir averiguando poco a poco detalles de la que yo imaginaba que era una vida muy trágica, la vida del barbero que había perdido a su mujer y a su hijo en un accidente de coche.

Pero el barbero era un hombre que se mostraba muy reservado, y era difícil arrancarle confesiones acerca de su vida. Después de cuatro días de visitar su barbería, yo seguía casi como al principio, sin apenas saber nada de aquel hombre. Y eso que le había tendido todo tipo de trampas para hacerle hablar, para que se desahogara comentando la tragedia que había significado la pérdida de su mujer y de su hijo, o para que explicara cómo hacía para sobrevivir después de aquella desgracia. Pero nada, no había forma humana de arrancarle algo, una confidencia, cualquier cosa.

Era mi quinta visita en los últimos cinco días a aquella barbería y seguía casi igual que al principio, todavía no me había desanimado pero comenzaba a estar a punto de hacerlo. En esa quinta visita, al principio del afeitado, cuando comenzó con el ritual de enjabonarme, las cosas no sólo no mejoraron con respecto a los días anteriores sino que incluso parecían ir a peor.

—Esperemos que no vuelva a llover —dije con la intención de partir, una vez más, de una frase más o

menos trivial para tratar de ir conduciendo la conversación a terrenos más interesantes para mí.
Pero en esta ocasión ni me contestó. Siguió enjabonándome, imperturbable. Era como si fuera consciente de lo que yo buscaba y no estuviera dispuesto a poner ni la primera piedra de una conversación aparentemente inocente pero que pretendía arrebatarle confesiones íntimas. A la vista de tanto hermetismo, decidí que abandonaba la tragedia de Vicente Guedes. Al diablo con el barbero. Me dije que me sobraban personajes y perfiles desgraciados en el barrio y que aquel hombre había agotado mi paciencia.

Pero entonces, cuando menos lo esperaba, en el momento en que su joven empleado estaba despidiendo en la puerta a un cliente recién afeitado, me susurró esto al oído:

–¿Sabe? A mí me gusta mucho que llueva. Me gusta que fuera diluvie y yo estar aquí tan tranquilo trabajando en mi barbería.

Me quedé bastante sorprendido. Era lo último que me esperaba, que de pronto me hiciera una confesión más o menos íntima que mostraba hacia mí una repentina confianza o, como mínimo, un cierto cambio de humor.

Pero lo que más me sorprendió fue que su breve confesión parecía confirmar lo que le había insinuado hacía poco a Carmina: que él identificaba la barbería con su mujer y su hijo desaparecidos. Bien, no me había confesado exactamente tal cosa, pero había venido a decirme que, a falta de familia, le quedaba la barbería. Al menos eso es lo que me pareció que podía esconderse tras sus palabras, tras su confesión de que se encontraba bien cuando trabajaba.

Pensé en decirle que refugiarse en el trabajo siempre fue una buena solución para huir de las penas. Pero me pareció que eso sería ir demasiado al grano y que él podía volver a su hermetismo si notaba que, al igual que en los días anteriores, yo insistía en el tema de las penas y las tragedias. Por eso opté por una nueva frase plana, trivial, que llegó acompañada por el regreso de la lluvia.

–La verdad es que en su barbería se está muy bien –dije.

–Usted no sabe por qué estoy bien en ella.

–Creo saberlo. Porque trabaja. A usted le gusta el trabajo.

–Qué equivocado está. ¿Ve? Usted no tiene ni idea de por qué me siento bien ahora mientras llueve. Me encanta estar aquí porque estoy a buen resguardo mientras una serie de hijos de puta se están mojando en la calle. Y aún estaría mejor si ahora me dijeran que a más de uno le ha partido un rayo.

Me pareció que era un hombre de carácter muy agrio, tal vez a causa de la muerte de sus seres queridos. En cualquier caso, parecía claro que Guedes odiaba a la humanidad.

–Yo no deseo el mal de nadie –dije.

–Yo, en cambio, disfruto cuando intuyo que muchos de los muchísimos seres repugnantes que viven en esta ciudad lo están pasando mal. ¿Le escandaliza esto, amigo?

No le contesté, pero la verdad es que sí me escandalizaba bastante. No me esperaba eso de él.
 –¿Cómo van sus libros? –me preguntó de repente.
 Me quedé muy sorprendido, no esperaba una pregunta como aquélla, no sabía que estaba enterado de que yo escribía.
 –Bien, van bien –respondí algo azorado.
 –¿Y sobre qué anda ahora escribiendo?
 Me dije que lo último que haría sería explicarle que estaba escribiendo un capítulo del que era protagonista absoluta su desdichada vida; un capítulo que, a causa de su falta de colaboración, cada día zozobraba más.
 –Estoy metido en una novela sobre la vida de un tipo que se dedica a espiar a todo el mundo –dije.
 Estuvo un rato callado, como si le hubiera dejado preocupado lo que le había dicho.
 –¿A todo el mundo? –preguntó finalmente, cuando dejó de enjabonarme.
 –Sí. A sus padres, por ejemplo, y también a los artistas y a los espías rusos de la guerra fría y a los vecinos y a las tiendas de óptica y a la hostia y hasta a los barberos que se cruzan por su camino, ya le digo, espía a todo el mundo.
 –¿También a los barberos?
 Me di cuenta de que podía haberme ahorrado la innecesaria mención al gremio de los barberos, pero era ya demasiado tarde para rectificar.
 –Bueno –le dije–, si uno se dedica a espiar a todo el mundo no veo por qué razón no habría de espiar también a los barberos, ¿no le parece?

Siguió un largo silencio, él parecía estar reflexionando sobre mis palabras. Cierta alarma se despertó en mí cuando noté que le temblaba el pulso al comenzar a afeitar mi patilla izquierda, no podía olvidar su recién confesada pasión por el mal. Me tranquilicé cuando descubrí qué era lo que le estaba poniendo tan nervioso. No había más clientes en la barbería y el joven empleado se había quedado demasiado ocioso y estaba escuchando nuestra conversación; debía de estar mirándonos con verdadera fijación porque de pronto le oí decir a Guedes:

—¿A qué viene mirarme con esa cara? Si no tienes nada mejor que hacer que espiarnos será mejor que vayas a buscarme un café a Casa Muñoz. ¿O es que quieres que te deje sin tímpanos ni empleo? A mí no me gusta nada que me fotografíen, ¿te enteras? Soy como esos negros del África que piensan que, al fotografiarles, les roban el alma.

Oí los apresurados pasos del joven empleado saliendo a la calle Durban a buscar aquel café.

—¡Coge el paraguas, desgraciado! —le gritó Guedes, y oí que el empleado volvía sobre sus pasos, cogía el paraguas, salía de nuevo.

Demostró de pronto tener cierto sentido del humor cuando dijo:

—A ese chico le gusta no pegar sello y, además, me parece que le encanta espiar mis conversaciones. Tenía usted razón al decir que los barberos somos también espiables.

Con tal de no volver a caer en un silencio que paralizara lo que parecía haberse puesto en marcha, y a la espera de encontrar un resquicio propicio para arrancarle algún episodio trágico de su vida, decidí seguirle la corriente.

—La Historia —dije— está llena, además, de barberos que han sido espías. No sé si lo sabía.

Me di cuenta en ese momento de que tal vez él podía contarme alguna historia de espías que pudiera serme útil para la conferencia.

—Si lo dice por mí anda bien equivocado, amigo. Y en cuanto a ese chico es verdad que tiene algo de espía, pero en todo caso es sólo un aficionado. Supongo que no habrá querido decirme que han existido barberos que han sido espías profesionales, yo no conozco ninguno.

—Entonces es que no ha oído hablar del barbero de Hamburgo —inventé sobre la marcha.

Noté que de nuevo le temblaba el pulso, algo cada vez más alarmante, teniendo en cuenta que se acercaba la hora en que su navaja se ocuparía de mi cuello.

—Nunca oí hablar de ese barbero de Hamburgo —me dijo.

—Pues fue bien famoso durante la segunda guerra mundial. Me extraña que no haya oído hablar de él.

—Tengo enciclopedias y he leído mucho sobre esa guerra, pero jamás oí hablar de ese barbero. ¿Qué espiaba ese buen hombre?

Por el tono de la pregunta deduje que no se fiaba mucho de mí. Pensé que lo mejor sería mezclar mi invención con datos reales, actuar como esos agentes dobles cuya información es en parte cierta, para dar verosimilitud a las partes falsas.

—En un primer momento —dije—, le encargaron que buscara a un hombre, un enemigo de su gobierno. Lo estuvo buscando durante muchos meses para llegar a descubrir por fin, y por obra de un mero incidente, que aquel hombre había vivido en el apartamento contiguo al suyo durante todo aquel tiempo.

—¿Qué clase de incidente fue ése?

—Un día llamaron a la puerta equivocadamente y descubrió dónde había vivido el hombre que había buscado por toda la ciudad.

Quedó un rato callado, supongo que pensativo. Rompió el silencio para preguntarme:

—Y dígame, porque eso es lo más importante, ¿de qué bando era ese barbero?

Dudé unos instantes, no sabía por qué aquello era, para él, lo más importante.

—De los dos bandos —respondí finalmente—. Un agente doble. Tanto los aliados como los nazis creían que era de los suyos. Acabó mal, francamente mal, como ya puede usted imaginar.

—Como si lo viera —me dijo—. Lo descubrieron y lo fusilaron.

—Exacto. En Braunschweig.

—¿Quiénes lo fusilaron?

—Los aliados.

Tras un breve silencio, el amigo del Mal me dijo con un tono sumamente agresivo:

—Los aliados fueron siempre unos grandísimos hijos de puta.

Llevaba ya un rato con la navaja ocupándose de mi cuello, de modo que yo, por pura prudencia, decidí no replicarle. La llegada del joven empleado con el café coincidió con el final del afeitado. Respiré algo aliviado. Jamás las bofetadas de una loción facial me han sabido tanto a gloria. Ya de pie, mientras le pagaba, me ofreció un cigarrillo, que acepté no sólo por no contrariarle, sino también porque intuí que trataba de decirme algo que tal vez podía ser interesante, como así resultó ser.

–Le voy a decir una cosa –me dijo ya en la puerta–, tal vez sea útil para su novela de espías. Yo he conocido a uno de ellos. Un pobre niñato, un desgraciado, un adolescente que los rojos infiltraron en nuestro batallón cuando lo de la guerra civil.

–¿Un niñato dice?

–El que lo envió sabía que al niño le costaría la vida, así eran de hijos de puta los rojos, no tenían escrúpulos. Claro que yo tampoco los he tenido nunca... El niño era un pobre adolescente imberbe, no tenía rastro de barba en las mejillas y, entre las cejas, se le veía una especie de blancura circular, ese tipo de blancura que tienen los bebés cuando se sienten contrariados y se disponen a llorar, ¿sabe lo que le digo?

No, no lo sabía. Ni idea de qué podía ser esa blancura circular de los bebés. Tendría que haberle dicho que aclarara un poco sus interesantes pero extrañas palabras. En lugar de eso, preferí simular que le había entendido. Y es que no quería perder tiempo, quería averiguar cuanto antes si podía resul-

tarme útil para la conferencia aquella historia del bebé-espía.
—Lo entiendo. Una blancura circular, un pobre bebé espiando...
—Usted se lo toma a broma y hace muy mal. No era un bebé pero sí un pobre miliciano camuflado, un niño incapacitado para espiar.
Entonces pasó a explicarme que estaba a solas con él cuando descubrió que aquel adolescente era un espía de los rojos. Estando en una calle de Teruel, el jovencito cometió un leve pero torpe y suficiente error y se delató. Guedes reaccionó con celeridad mientras el niño enrojecía presa de un pánico súbito. Guedes le asestó un tremendo culatazo que le hizo caer de bruces y rodar por una breve pendiente, junto a los riachuelos que había ido formando la lluvia en las calles de aquella ciudad. Esperó a que el niño se levantara y entonces le dio otro golpe brutal, un golpe seco y muy animal en la oreja izquierda. El chico cayó de nuevo al suelo y allí, con una piedra, le reventó el tímpano del oído derecho.
Cuando el joven espía de los rojos, con los tímpanos reventados de por vida, logró volver a incorporarse, Guedes, valiéndose de señas, le hizo saber que había ido a parar a otro mundo, a un universo de seres mudos, y que por tanto ya no volvería a escuchar una sola palabra en su vida. A partir de aquel día sería el espía más inofensivo del mundo.
—Es más —concluyó Guedes con una sonrisa muy desagradable, espantosamente siniestra—, le anuncié al pobre diablo que cuando fueran a fusilarle no

podría escuchar nada pero sí podría imaginar el silbido de las balas que atravesarían su infantil cuerpo. No puede imaginarse la cara de terror que ponía, no hay nada más gracioso que un espía sin orejas, es como un futbolista sin balón.

Preferí no continuar allí en la puerta de la barbería, di dos pasos y salí a la calle Durban, seguía lloviendo con fuerza y en pocos momentos quedé empapado, volví a entrar en la barbería, miré a aquel hombre, estaba claro que era un monstruoso cerdo.

–Quisiera que supiera que las balas no silban, que eso sólo ocurre en las novelas –le dije.

–¿No se había ido? Ya veo, al señor le he herido su sensibilidad.

–Exacto. Yo ya sé que en las guerras se cometen atrocidades, pero de eso a jactarse de ellas hay un abismo. No puedo comprender que se sienta satisfecho de haber destrozado la vida de un niño.

–¿Verdad que ya ha pagado? Pues ya puede irse y no vuelva más por aquí. No me gustan los rojos. Además, no sé qué anda buscando en mi barbería, pero sepa que yo no tengo un pelo de tonto.

–Un pelo sí que lo tiene, pues piensa que las balas silban.

–Pues voy a decirle algo. Aquéllas silbaron. Fíjese lo que son las cosas de la vida. Aquéllas silbaron. Una de ellas, además, fue a incrustarse en la oreja izquierda del niño. Y yo, al rematarle, cuando estaba ya en el suelo, le metí otra bala, ésta en la oreja derecha por si no la tenía suficientemente machacada.

Si a continuación no hubiera soltado Guedes

aquella carcajada tan feroz como grotesca, tal vez no habría pasado nada. Pero su risotada fascista, su desprecio hacia todo, su actitud tan agresiva hacia mí, me sacaron de quicio por si no andaba yo ya muy nervioso con todas mis indecisiones acerca de lo que debía hacer cuando viera a Rosita. Sí, logró sacarme completamente de quicio y moví lentamente los labios tratando de hacerle creer que había dicho yo alguna cosa, quería que supiera lo que era estar sordo. Y cuando me preguntó qué estaba tratando de decirle, yo entonces, armándome de valor –de ese valor que me faltaba para dejarme arrastrar por mi más íntimo deseo y fugarme con Rosita al final del día–, le dije que era un verdadero hijo de la grandísima puta.

El valor. Tratando de olvidarme de lo que acababa de hacer y de decir, del insulto que con valentía acababa de dirigirle a aquel fascista, me quedé pensando por unos momentos en el valor y en que todos tenemos una punta de cobardía que curiosamente es a veces la responsable de alguna de las grandes opciones que tomamos en la vida.

Aquel mismo día, sin ir más lejos, de lo que decidiera hacer yo finalmente con Rosita, de mi punta de cobardía –por decirlo de otro modo–, dependían los siguientes años de mi vida, ni más ni menos. No todos los días nuestra vida se encuentra pendiente de un hilo, no todos los días tiene uno que tomar decisiones que sabe cruciales para que su futuro transcurra de un modo determinado o lo haga de una forma radicalmente distinta.

Pensé todo esto en el espacio de unos breves segundos, hasta que volví a la realidad más inmediata cuando oí que el barbero acababa de reaccionar a su notable sorpresa ante mi grave insulto y me estaba ya empujando hacia afuera, hacia la calle y hacia la intensa lluvia, mientras me decía:

—Y tú, Cyrano de los cojones, eres un maldito rojo, tal como suponía. Y encima vienes a mi barbería a espiar mi vida, no sé con qué intenciones. Que te afeite tu madre.

Lo que más me molestó no fue que mencionara a mi madre, sino que supiera que me llamaban Cyrano. Me entraron unos deseos inmensos de dejarle sordo para toda la vida. Me mesé los cabellos mojados y me toqué la nariz a modo de signo de guerra, y luego le mostré la palma de mi mano izquierda y le di una inmensa bofetada en la oreja derecha, que él me devolvió con un gancho de izquierda que dejó mi nariz goteando sangre y deseando verle a él desollado y con brea y plumas por todo el cuerpo. Fue breve el combate cuerpo a cuerpo en plena calle bajo la lluvia, breve pero a muerte, realizado con brutalidad, hasta que por fin nos separó el joven empleado; para entonces estábamos extenuados, la lucha había sido llevada con verdadera saña por ambas partes, no podíamos estar más empapados, y además algo ensangrentados, algunos golpes habían llegado a su objetivo.

La lluvia y la sangre me acompañaron en mi ascensión penosa por la calle Durban, camino de casa. Por suerte, gracias a la hora que era, el portero no estaba. En el ascensor me llevé un susto de muerte al mirarme al espejo y en alucinación pasajera ver mi cara gastada y sin nariz, verde de moho sepulcral. Abrí la boca para gritar de puro espanto y la vi desdentada y se me escapó, silencioso, un nombre: Rosita.

En fin. Al abrir la puerta de casa, me quedé pensando en que aquel maldito barbero se había merecido con creces el castigo de quedarse sin mujer ni hijo. Pero al poco rato, mientras me curaba las heridas, se cernió sobre mí la sombra de una turbadora pregunta. ¿No era precisamente eso –quedarme sin mujer e hijo– lo que andaba en el fondo yo deseando a las tres menos cuarto de la tarde de aquel extraño día en el que todo parecía indicar que se iba a decidir mi vida?

Normalmente mi vida era muy tranquila, la vida de un escritor que trabajaba en casa, escribía novelas realistas, leía periódicos sentado en un cómodo sillón, atendía a encargos telefónicos, espiaba a los vecinos con un catalejo, y a veces por las noches iba con su mujer al cine.

Una vida sencilla, apacible, casi agradable. Los días se sucedían los unos a los otros, y lo hacían siempre con tanta rapidez como aplastante monotonía. Pero aquel día de invierno –en el que dependía de una punta de mi cobardía toda mi vida– parecía estar dándole la razón a Goethe cuando dijo que la vida es corta pero el día largo. Parecía darle la razón

a Goethe y también a aquello que, inspirado en Goethe, cantaba en una película Marilyn Monroe: «*One day too long, one life too short*...»
Yo era un hombre en cuya vida brillaban por su ausencia los días especialmente memorables. Pero aquel día de invierno todo parecía transcurrir de un modo totalmente anormal, aquel día parecía tener vocación de convertirse en uno de esos que con el paso del tiempo acabamos recordando como un día largo y hasta escribimos –como desde hace días vengo haciéndolo yo aquí en Premià a la sombra de esta morera centenaria– sobre ellos; sí, escribimos sobre ellos, obsesionados por ese día en el que se decidió en pocos segundos toda nuestra vida, escribimos porque ya no nos queda nada mejor que hacer que recordar ese día y escribimos que lo recordaremos siempre. Ya no vivimos, sólo escribimos sobre ese día: extraña forma de vida.

Siendo la vida como es, uno sueña con vengarse. Fue todo uno decirme esto y tomar la decisión de abandonar para siempre la novela que estaba escribiendo, la trilogía realista entera, no volver a ocuparme nunca más de seres que, como el barbero, sólo me producían un asco infinito. No habría tomado una decisión así si sólo hubiera sido Guedes quien me hubiera dado ese asco, pero es que me sentía también muy harto de muchos de mis desheredados de la vida, de muchos de mis absurdamente sublimados personajes de perfiles desgraciados.

¿Acaso no eran tan detestables como el barbero el electricista y su hijo autista, el enano borracho que hacía recados para la pollería o la novia del hijo de los dueños de la frutería, por no hablar de la imbécil que se creía la Teresa de una novela de Juan Marsé? Decidí que, a partir de aquel momento, pasaban a mejor vida mi trilogía y mi absurda fijación por lo real. Después de todo, ¿no hacía ya mucho tiempo que venía sospechando que detrás de cualquier imagen real había siempre otra más fiel a la realidad y, debajo de ésta, había otra aún más fiel, y así hasta el infinito hasta llegar a una, absoluta y misteriosa, que nadie ha podido ver nunca y que ni el mejor de los espías de todos los tiempos sabría ver?

Había valorado demasiado a *los de abajo*, a los desheredados de la vida, y me había pasado años siendo hermano de todos ellos sin ser de la familia. Además, llevaba demasiado tiempo cayendo en el error de creer que sabía lo bastante sobre los personajes de la vida real como para poder insertarlos en mis novelas.

Uno cree –me dije– que los conoce a fondo y después se da cuenta de que, aparte de que tienen almas mezquinas, en realidad uno no puede recordar, al escribir sobre ellos, ni siquiera qué pasta dentífrica usan o de qué color son los camisones que se ponen por las noches.

Comprendí de golpe y para siempre que los personajes que me interesaban de verdad sólo podían surgir de la imaginación. Los otros, los reales, como personajes menores que eran, a lo sumo podía yo algún día fotografiarlos.

En fin, mientras terminaba de curarme las heridas, anoté en mi mente las primeras líneas de una novela en la que todo estaría inventado. De esta forma tan sencilla, cambié ese día yo de estilo literario. Había entrado sigilosamente en una barbería y había salido no habiendo podido sacarle mayor provecho a aquella última media hora. A pesar de que algunos golpes me dolían, me sentía deliciosamente limpio y afeitado y, sobre todo, ligero de equipaje, y es que la realidad siempre ha sido muy pesada, un fardo insoportable. Celebré en silencio haberme liberado de ella y de la descripción meticulosa de los granos del culo de mis vecinos. Lo celebré en silencio mientras me decía que, siendo la vida como era, había ya comenzado a vengarme.

Me acordé de golpe –aunque tenía ya previsto incluirle en la conferencia– de Ramón Ruiz, un amigo triste de mi hermano Máximo. Era un niño extraño que venía a jugar a casa de mis padres y soñaba con ser músico y nos contaba que, gracias a la fuerza de su imaginación, sabía tocar maravillosamente bien la guitarra. Máximo y yo le mirábamos las manos y veíamos que podía ser verdad y se lo decíamos, lo que a él le llenaba de una pasajera alegría, se reía algo feliz pero siempre la risa le duraba poco y acababa cayendo en una melancólica languidez, que se ajustaba de manera casi perfecta a

su rostro y a sus gestos de colegial triste. Era de complexión débil, casi enfermiza. Y de carácter algo lunático, le gustaba burlar las prohibiciones de nuestros padres y nos hacía jugarnos el pellejo obligándonos a fumar cigarrillos con la ventana abierta en invierno, siempre arriesgándonos a ser descubiertos. Decía que amaba el peligro, y dicho por él, que era de tan débil complexión y algo afeminado, resultaba difícil creer que podía estar hablándonos en serio. Un día, fue más explícito:
—Me gusta el peligro, como le gusta a mi padre.
Por ser la primera vez que lo decía, no le hicimos caso. Pero la frase resultaba chocante, pues Ruiz no tenía padre, vivía con su madre, que era la estanquera del barrio.

Había comenzado siendo sólo amigo de Máximo, con quien compartía pupitre en la escuela, pero sus visitas muy frecuentes a casa y el trato tan cordial que me dispensaba a pesar de tener yo —a esa edad la distancia es abismal— tres años menos que él, hicieron que poco a poco fuera sintiéndome atraído por su personalidad, por todas esas historias que nos contaba cuando fumábamos cigarrillos Rumbo con la ventana abierta, historias inventadas.

La tarde en que volvió a repetir eso de que le gustaba el peligro como a su padre, nos quedamos Máximo y yo en silencio, mirándole con una expresión que venía a decirle que la frase era rara, que lo correcto habría sido decir: «Me gusta el peligro, como le gustaba a mi padre.» ¿O acaso no llevaba cuatro años muerto su padre?

Entendió al instante lo que tratábamos en silencio de decirle y entonces tiró su cigarrillo encendido por la ventana y nos habló de una noche de hacía cuatro años en la que aguardó a que su madre se quedara dormida para poder bajar los treinta escalones que separaban la vivienda del estanco y tratar allí de robarle unos cuantos cigarrillos a su padre. Era necesario que llevara a cabo ese robo nocturno y con alevosía. En el colegio todos sus compañeros se reían de que a su edad aún no supiera lo que era fumar un cigarrillo. De modo que bajó los escalones con una linterna y entró en el estanco y, cuando ya se había apoderado de dos paquetes de cigarrillos Rumbo, tuvo que esconderse debajo del mostrador al oír unas pisadas procedentes de la calle y una llave que giraba en la puerta del estanco y una voz —la de su padre— que les decía a dos caballeros:

—Pasen ustedes, pero no hagan mucho ruido que mi familia está ahí arriba durmiendo.

Ruiz se quedó pasmado porque el tono de voz de su padre era ligeramente distinto del habitual. Allí, detrás del mostrador y muerto de miedo, se dio cuenta de lo poco que conocía a su padre, que en algo, eso sí, se parecía a él: le gustaba hacer cosas peligrosas en la oscuridad.

—Bien, aquí está el informe —le oyó decir a su padre.

—¿Y por qué lo firma un inglés? ¿Por qué ha de firmarlo Hugh Greene? ¿Y por qué no un apellido español y corriente?

—Y moliente —dijo su padre en un tono enojado—.

Caballeros, creo que ustedes no entienden nada. Limítense a su trabajo, a entregar los papeles, y no pregunten tanto. No es a ustedes a quien les toca decidir la firma.

—Disculpe, era sólo una pregunta.

—Bueno, ya podemos irnos —dijo su padre.

—¿No piensa despedirse de su familia?

—Están durmiendo, para qué despertarles. Después de todo, algún día volveré. ¿O no?

—La misión es peligrosa, señor Greene. Pero todos conocemos su valor y su astucia y confiamos en que la providencia le proteja.

Salieron de nuevo a la calle, y el pobre Ruiz, todavía asustado, se quedó allí tras el mostrador, en la oscuridad del estanco, fumando el primer cigarrillo Rumbo de su vida. Después robó cien cajetillas y las subió a su cuarto. Sabía que no sería descubierto nunca, que al día siguiente no estaría su padre allí para notar el robo.

Salvo el golpe en la nariz, que había potenciado mi perfil desgraciado, el resto de las contusiones logré en el lavabo y en poco tiempo disimularlas. Después, fui directo a la cocina y, por raro que parezca, a pesar de que acababa de cambiar nada menos que de estilo literario —no todos los días le ocurre a uno algo así—, yo sólo pensaba en algo más prosaico, en una aparente minucia, en algo que Carmina me había dejado preparado en la nevera: un cocido.

Acababa de tomar una decisión importante para mi vida, y sin embargo era un simple cocido lo que ocupaba casi todos mis pensamientos. Somos así. Estamos a punto de perecer ahogados, por ejemplo, y nos da por pensar en cualquier minucia, en un chasquido de dedos de nuestra madre en un lejano crepúsculo de nuestra infancia. En fin. Mientras escuchaba las noticias deportivas en la televisión catalana, devoré el cocido. Después, cambié de canal y vi actuando en directo a una vieja gloria, a un cantante que creía muerto. El artista arrancado del olvido cantaba en *play-back* la canción más aburrida de un verano ya muy lejano: «*Chérie je t'aime, chérie je t'adore.*»

Me entró un sopor infinito, algo tenía que ver con la notable cantidad de cocido ingerida. Miré de reojo los periódicos, me puse a leer de pronto con voracidad los titulares, no entendí nada, leí después algunas noticias y quedé desconcertado, la mayoría de los nombres de personas que allí aparecían no significaban nada para mí. Miré mi horóscopo y parecía que lo hubiera escrito Rosita: «La Luna conjunta hoy a Saturno con Aries y pone de relevancia algunas situaciones que podrían obligarle a llevar a cabo un cambio de vida.» Volví a mirar las noticias, y seguí igual que antes, sin apenas entender nada salvo que habían robado unos papeles secretos de los servicios de información españoles. Me pregunté, ya medio adormecido, si mi ruptura reciente con la realidad no me habría llevado a replegarme tristemente en mí mismo. Volví a mirar la televisión y me quedé hipnotizado viendo el dibujo animado de un hombre que caminaba muy encogido y parecía una de esas nueces que se secan en el interior de una cáscara. Pensé que se parecía a mí y reí a solas mientras mandaba de nuevo al diablo a la realidad. Se acabó por fin ser prisionero de las tragedias de los otros, de los vecinos del barrio. Me dije que había hecho muy bien en abandonarles y así de paso sabotear la mezquina estabilidad de lo real. Eso me dije cuando de pronto me pareció que me había encogido demasiado y me había convertido en el prisionero de mí mismo. Es más, me parecía a mi padre cuando, inclinándose sobre el asfalto, hablaba consigo mismo o con las ratas del subsuelo, siempre en voz baja y misteriosa, inmerso en mil y una especulaciones. ¿Abandonar lo real me había convertido en una nuez seca? En resumen, me hice un lío. Bostecé dos veces seguidas, estaba a punto de caer rendido de sueño. Intenté conectar de nuevo con la realidad, volví de nuevo mi mirada al televisor. En el canal de pago podía verse a una marsopa nadando. Me quedé petrificado en mi sillón, entre perplejo y somnoliento. Salí con una cabezada de mi inmovilidad repentina. La marsopa seguía nadando.

Comprendí que, de no hacer algo, iba a quedarme muy dormido, y entonces fui en busca de un libro de Virginia Woolf en el que creía recordar que se contaba la historia de un espía londinense, un espía que llevaba guantes negros y un paraguas rojo asesino.

Sabía que no podía quedarme dormido, que no

debía bajar ni un minuto la guardia, que era importante seguir preparando la conferencia. Cuando encontré el libro, lo liberé de una cierta capa de polvo y olvido. Al cuarto de hora, me sentía del todo perplejo, pues era sorprendente ver lo mal que recordaba aquel libro leído hacía tan sólo dos o tres años. Por mucho que lo había intentado, ni un solo rastro de la historia del espía había yo encontrado en él. En realidad aquella novela era la menos apropiada del mundo para que apareciera un espía. Siempre que salía alguno de ellos en los libros, solía haber acción. La había incluso si se encontraban inmóviles espiando una ventana. Y en la novela de Virginia Woolf había de todo menos acción, parecía una pieza de teatro que había visto de joven y que hablaba de «las cosas que pasan cuando no pasa nada», contaba la historia de un día cualquiera de la vida de Clarissa Dalloway, una dama de la alta sociedad londinense. Comenzaba con una soleada mañana de junio de 1923, con la compra de unas flores y un paseo de Clarissa por el centro de la ciudad, y terminaba esa misma noche, cuando estaban comenzando a retirarse de su casa los invitados a una fiesta; triviales y más bien intrascendentes sucesos componían la historia de ese día en el que no pasaba nada.

Caí dormido, vencido por el sueño y por Virginia Woolf y por el cocido. En una plataforma a media colina, alcanzando sólo a ver el borde de un abismo lleno de luz que atravesaban los pájaros, me encontraba yo inmóvil, reposando en un sillón de mimbre, durmiendo la siesta, espiado por mi buena sombra, pero también por la mala: eran hermanas aunque hacía años que no se hablaban. El calor era insoportable, tanto dentro como fuera del sueño. Del abismo cuyo fondo no podía ver, subía la música de un *pick-up*. Se oía la canción del verano: «Lo lamento, ya no entiendo nada / de lo que haces ni de cuanto hablas. / Y en ese mundo en que dices que estuviste / y que yo creo que no existe / nunca pasó nada.» La música sonaba en la plaza del pueblo. Estaban bailando. Con la llegada de un soplo de viento, un haya cercana se estremecía y me despertaba.

Cuando desperté de ese sueño, vi con verdadero horror la hora que era, más de las cinco de la tarde. Ya debería haber ido a buscar a Bruno al colegio. Me invadió cierto temor a lo que podía estar sucediéndole a mi hijo en aquel momento. No quería ni imaginarlo. Fuera lo que fuera lo que estaba ocurriendo, seguro que no era nada tranquilizador. Salí disparado a la calle Durban. Busqué un taxi, pero no lo encontré, y decidí que iría al colegio a pie, apuré el paso. Doblé por la calle Martí y bajé luego por la calle Verdi y, tras pasar a toda velocidad por delante del lugar donde a las ocho daría la conferencia, doblé por la calle Dos Senyores y llegué a la plaza Julivert, donde estaba el colegio.

Me dije que en el mejor de los casos encontraría a Bruno algo lloroso pero sentado, como de costumbre, sobre su cartera, con los ojos hundidos en el suelo. Me había olvidado de que aquel día mi hijo había amanecido mirando al techo.

—Me he tropezado con un hombre muy malo, un hombre que me ha dicho que él era un niño —me dijo Bruno en cuanto lo encontré.

Me lo dijo mirándome directamente a los ojos. Lo más raro no era eso, sino que lo encontré en la plaza pero muy lejos del colegio, sentado en una fuente.

—Pero ¿qué estás haciendo aquí?

—Me he perdido —fue su respuesta—. ¿Qué te ha pasado en la nariz?

—¿Te has perdido o te has escapado?

—Era un hombre muy malo. Me ha llevado a un coche a ver unos perritos recién peinados. Luego han venido tres señores de negro. Y se han llevado al hombre.

—¿Y adónde lo han llevado? ¿Eran de la policía?

Se encogió de hombros, luego dijo:

—Yo qué sé. Se lo han llevado, y también se han llevado los perritos. Al despedirse de mí, ha vuelto a decirme que él era un niño.

Toda la historia, como suponía, era inventada. Lo confirmé poco después cuando hablé con el director del colegio. Bruno estaba padeciendo uno de sus repentinos ataques de imaginación. La diferencia con los anteriores era que lo contaba todo mirándome, sin miedo, a los ojos. No me sentí capaz de regañarle, tal como solía hacer cuando sufría aquellos enojosos ataques. Una secreta admiración por su capacidad de inventiva se había apoderado de mí.

—Está bien —dije—, volvamos a casa, ya nadie te intentará secuestrar.

Subimos por la calle Verdi, despacio, cogido él

127

de mi mano, como años antes hacía yo con mi padre cuando medíamos distancias entre las farmacias. Subimos muy despacio, como si me sobrara tiempo para acabar de preparar la conferencia. Al pasar por delante de la sala de la calle Verdi, mi hijo sintió la repentina necesidad de aumentar el volumen de sus mentiras. Tal vez a esto colaboró el que a mí me diera por quedarme un momento parado frente a la sala, mirando con insistencia hacia la puerta de entrada.

–El hombre que me ha dicho que era un niño –dijo Bruno– me ha obligado a que me sentara en sus rodillas para ver mejor a los perritos. Luego, me ha contado la historia de Blancanieves y me ha dicho que yo era una niña. ¿Qué te ha pasado en la nariz?

Me pareció que Bruno estaba yendo demasiado lejos, pero me mordí los labios, a fin de cuentas no estaba tan mal que inventara con tanto descaro. ¿Acaso no había apostado yo con gran firmeza, hacía muy poco rato, por la imaginación? Además, bien pensado, no estaba nada mal que Bruno se hubiera por fin animado a mirar hacia arriba y hacia su padre. No estaba nada mal, bien pensado, poder por fin dejar de verle tan abstraído, siempre con aquella mirada suya hundida perpetuamente en los zapatos o en las alfombras y sin ni siquiera el atenuante o la gracia aquella que tenía su abuelo, que al menos espiaba las voces del subsuelo.

Fue un error. No debí mirar con tanta insistencia hacia la sala de la calle Verdi. Mi hijo Bruno, mientras inventaba lo de Blancanieves, se dio cuenta de que yo tenía algún problema con aquella sala. Pero mirar hacia ella con tanta fijación no fue ni mucho menos el único error. El segundo estuvo en la respuesta que le di a Bruno cuando quiso saber qué tenía aquella sala para que la mirara tanto.

–Es que dentro de dos horas tu padre va a dar aquí una conferencia.

–¿Y de qué hablarás, papá?

Tercer error:

–Del mundo de los espías.

Podría haberme ahorrado esta respuesta. Hubo un grito salvaje de entusiasmo por parte de Bruno. No caí en la gravedad del error, sólo vi en ese momento la emoción del niño. De pronto –cuarto error–, me pareció que mi hijo era un ser maravilloso y yo llevaba años sin saberlo. Y también de repente –quinto error–, me quedé pensando, con una sonrisa paterna beatífica, que había estado siempre muy equivocado al decirme que tener hijos era cosa de mediocres, ineptos sensualmente, analfabetos sexuales o de gente irresponsable.

–¿Y qué dirás de los espías?

Sexto y definitivo error, el más grave.

Comencé a hablarle de cuando los espías despistan a sus perseguidores por medio del sistema conocido como zigzag. Saltan de un taxi ante una boca de metro, luego de otro taxi ante otro metro, toman el convoy en el último segundo, y brincan al andén justo antes de cerrarse las puertas y cruzan y vuelven a cruzar la casa de doble entrada, luego la otra, y toman otro taxi que les deja en un paraje solitario al que llegan sudorosos y jadeantes y convencidos de que todo aquello no ha servido para nada, y entonces regresan como pueden a sus hogares y allí lloran en silencio –como dicen que lloran los hombres de verdad–, porque se sienten muy solos y ya viejos y acabados y no saben por qué siguen atados a un estilo tan raro de vida.

–Quiero ir a tu conferencia, papá.

Entonces, sólo entonces, me di cuenta de la cantidad de errores que había cometido. Conociendo la terquedad de Bruno, no podía haberme complicado más la vida. El niño era capaz de convencer a su madre para que le llevara a la conferencia, y allí ella tropezaría con su querida hermana, qué maravilla.

–Dice Bruno que vas a hablar de espías. Qué raro –diría Carmina.

–No, me lo he inventado –diría yo, aterrado.

–Da igual, el niño se muere de ganas de escucharte, algo hemos avanzado, es estupendo que muestre interés por ir a verte, le llevaré a la conferencia.

Bonito panorama, pensé.

Se me escapó un grito de horror.

–¿Qué te pasa, papá? –preguntó inmediatamente el niño.

–Nada, no pasa nada.

–¿Y en la nariz? ¿Qué tienes en la nariz? Aún no me lo has dicho.

–Nada –me enfurecí–. Sólo te lo diré una vez. No

irás a la conferencia. Me parece que ya no recuerdas que tienes que estudiar. Además, estás castigado por haberte escapado del colegio.
—Quiero ir, déjame ir.
—Tú no te mueves de casa hasta mañana.

No había podido cometer más errores en tan poco tiempo. ¿O tal vez en el fondo los había cometido a propósito para que al final del día no quedara otro remedio que seguir viviendo con Carmina? Mientras me decía esto, y con la música de fondo del llanto de protesta de Bruno, cedí a mi habitual tendencia a pensar en tonterías cuando me encontraba en situaciones delicadas o importantes, y así fue como, al doblar por la calle Martí, me dejé emboscar por la primera nimiedad que se me ocurrió y que no fue otra que el recuerdo de un calendario publicitario que había visto en la barbería de la calle Durban y que representaba dos conejos blancos en un paisaje suizo nevado.
Qué pureza más suiza y qué conejos tan nevados, exclamé para mis adentros. Andaba diciéndome esta solemne tontería cuando fui a tropezar —maldición de maldiciones— con Camilo, el joven desamparado. Fui a tropezar con ese joven mendigo del barrio que me sacaba de quicio, un borracho empedernido y antiguo heroinómano que parecía siempre andar buscando al culpable de todos sus infortunios.
Camilo me recordaba, en primer lugar, al chico de los recados del colmado que, durante un año

largo de mi infancia, se dedicó a torturarme cuando me cazaba subiendo por la escalera de la casa de mis padres. Y me recordaba también a la persona que podía llegar a ser yo algún día si cedía a los embates de la angustia que nunca me abandonaba. Temía volverme loco, si es que no lo estaba ya, porque la pasión convierte en loco al más sensato de los hombres, aunque, claro está, a menudo también hace sensatos a los más locos. Yo guardaba para mí una certeza íntima: si renunciaba a Rosita, me resguardaría de la locura, que era lo mismo que decir que si conservaba a su cariñosa hermana, yo, que tenía bastante de loco, podría seguir siendo el más sensato de los hombres, instalado en la cárcel de la vida familiar.

Y luego estaba también esa otra vertiente de mi angustia, de la que también huía y que el joven desamparado tenía la mala costumbre de recordarme al haberse convertido en ese despojo de sí mismo en el que, nos guste o no, tarde o temprano debemos todos transformarnos. Esa otra vertiente de mi angustia había determinado toda mi vida, empujándome a la busca desesperada y sin sosiego de un lugar, siquiera humildísimo, en un Orden cualquiera: en el universo, en una oficina de seguros, en un asilo para escritores lunáticos, en la cárcel de una vida familiar vista como un mal menor en relación con la soledad o la aventura.

Extendió su mano el joven desamparado y, pidiendo limosna sin vergüenza, soltó una frase que me sabía de memoria.

—Oye, mira, quiero unas palabras contigo.

La decía siempre como si nunca antes me hubiera visto ni me la hubiera dicho, me molestaba mucho su parálisis cerebral. Un hombre joven envejecido por la droga y convertido en una polilla que sólo pedía limosna para sus alcoholes y desvaríos. Traté como siempre de esquivarlo, qué pesadilla, nada odiaba tanto como que me pararan deficientes mentales por la calle –o su reverso: esos ciudadanos que te cierran el paso con la excusa de que deberías firmar unos papeles contra la droga–, pero esquivarle era un trabajo difícil cuando no imposible; encontrarse con aquella piltrafa humana le obligaba a uno a armarse de gran paciencia, era una verdadera cruz caer en las garras mongólicas del joven viejo Camilo.
–Oye, mira, quiero unas palabras contigo.
Repitió de nuevo su petición al tiempo que, como tantas otras veces, me lanzaba una mirada desquiciada con el único ojo a lo Polifemo que conservaba, un ojo en su caso muy triste y de aire lívido y en el que sólo en el borde inferior había un pequeño aro de color y, bajo el mismo, la terrible pulsación del lagrimal: el ojo viejo y único de un hombre joven.
–Oye, mira, quiero unas palabras contigo.
Con razón la gente del barrio, aparte de cada día soportarle menos, le comparaba siempre con un loro, con un loro-lorito, como le llamaba con gracia la dependienta andaluza de la calle Martí, esa chica de la panadería que físicamente tanto me recordaba a Rosita y también a Carmina –por algo las dos eran hermanas, aunque una era el Diablo y la otra la fidelidad personificada– y que en ese momento,

mientras presenciaba la escena del asalto de Camilo, cortaba pan de molde con su habitual optimismo. Yo sistemáticamente blasfemaba por lo bajo siempre que, andando por el barrio, tenía la mala suerte de encontrarme con el joven desamparado, pues sabía lo difícil que resultaba –a todo el mundo pero especialmente a mí– desembarazarse de él. Lo peor de tropezarse con Camilo era aquella paciencia de la que uno debía armarse. Yo, de joven, le habría dado inmediatamente algo de dinero y hasta unos golpecitos de ánimo en la espalda, pues en esos días era yo un tipo airado, enfrentado a mi clase social, la burguesía. De haberme encontrado con Camilo en esos días le habría echado una mano, proletarios o deshauciados encontraban mi apoyo. Con el paso del tiempo, me volví más inteligente y esa ira fue extendiéndose a casi todo el resto de la gente, ya no importaba cuál fuera su clase social, sólo hacía una excepción con los desgraciados de la calle Durban, cuyos lamentables perfiles yo sabía que me resultarían útiles –como así fue– para construirme una reputación ética que acompañaría a una sólida carrera literaria.

Cuando aquel día tropecé con Camilo, mi ira se había vuelto ya general, casi sin excepciones. No pudo escoger el pobre peor momento para importunarme. Lo primero que deseé al verle fue que su rostro repugnante –lo era tanto que ni siquiera había querido utilizarlo para *Perfiles desgraciados*– pasara a ser el soplo de un solo rostro, la estela que un transeúnte cualquiera hubiera dejado en el aire.

No lo logré. Ese día de invierno, avanzando con mi hijo por la calle Martí, a la altura de la panadería, me di cuenta de lo difícil que iba a ser la operación de borrarlo de mi vista. Lancé una mirada casi de auxilio hacia la dependienta andaluza que tanto me recordaba –era un cruce perfecto entre las dos hermanas– a Rosita y Carmina, y ella sonrió de un modo entre angelical y perverso. Bruno, aterrado ante el acoso del hombre de un solo ojo, apretaba mi mano con sus infantiles fuerzas. Yo entonces miré desafiante al mendigo inoportuno y quedé turbado ante la sencillez de una evidencia en la que hasta aquel momento no había reparado. La evidencia estaba ligada a mi repentino descubrimiento de que en realidad, aparte de las iras que en mí despertaba Camilo, siempre me había dolido –sí, ésa era exactamente la palabra adecuada: dolido– aquella mirada de ojo extraviado en el mapa de su ruina facial de drogadicto.

Y comprendí al instante por qué de todo el barrio yo era siempre la persona que más se azoraba al tropezarse con el joven desamparado que no sólo me traía la memoria de mi angustia por hacerme con un lugar, siquiera humildísimo, en cualquier Orden, sino que, además, me transportaba al mundo del dolor extremo. Por los motivos que fuera –y que sigo hoy en día ignorando–, yo era exageradamente receptivo y vulnerable a esa mirada que, reflejando dolor intenso, tenía extraños poderes sobre mí, me traspasaba hasta convertirme en un profundo dolor propio.

Camilo, a su manera, debía de haberlo registrado, pues me acosaba con mayor insistencia que al resto de la gente del barrio. Pero ese día, en la calle Martí, él no contaba con los variados problemas que andaba yo arrastrando y que habían hecho que, desde el primer instante de su aparición, me hubiera situado más allá de los límites de la más infinita de las paciencias humanas.

—Apártate de ahí —le dije. Verdaderas ganas de azotarle me entraron y, para no caer en la tentación, le dediqué una mirada a la agradecida dependienta andaluza, una mirada que ella me devolvió con una amplia sonrisa que me recordó de pronto que sólo dos horas después tendría a Rosita entre el público y yo todavía (el joven desamparado era en aquel momento mi mayor obstáculo) no había terminado de preparar la conferencia.

Si el joven desamparado hubiera sabido lo nervioso que yo andaba en aquel momento no creo que se hubiera vuelto a interponer en mi camino. Te he dicho que te apartes, le advertí de nuevo. Y entonces llegó lo peor. Bruno me dijo, con mal entendido oportunismo, que aquel mendigo era el hombre que le había tratado de niña. Hasta el propio Camilo, envuelto en una nube de alcohol, registró la gravedad de la acusación. Simulé ante Bruno que creía en lo que había dicho, le pregunté si estaba seguro de sus palabras. El niño se rascó la cabeza, y luego dijo:

—Segurísimo. Este señor piensa que yo llevo tirabuzones, eso es lo que me ha dicho.

Me volví paranoico, aunque no había tenido nunca propensión a serlo. Lo de los tirabuzones parecía una referencia solapada al peinado de la hija de Rosita. Por poco me vuelvo loco del todo, traté de serenarme y pensar las cosas con más calma. Bruno hablaba de tirabuzones, pero era imposible que se refiriera a los de una niña que, aunque era su prima hermana, no conocía. Traté de recobrar cierta calma y, no sabiendo cómo hacerlo, no se me ocurrió mejor cosa que volver la vista atrás. La volví primero hacia el pasado, hacia el día en que conocí a Rosita, a la que vi entre una multitud de personas en las Ramblas siguiendo feliz el curso despreocupado del gentío; iba Rosita del brazo de dos amigas, una vestida de blanco, otra de azul celeste, iba ella sin medias y con el cabello suelto y me lanzó una mirada de muerte, acababa de llover en Barcelona y la puesta de sol tornasolaba los charcos. Sí, me enamoré a primera vista, y el destino quiso que una hora después volviera a verla en un restaurante. Me habría caído de espaldas si alguien en aquel momento me hubiera dicho que aquella chica era muy ligera de cascos pero tenía una hermana con la que yo me casaría.

Volví la vista hacia el pasado y recordé mi primer encuentro con Rosita, y después volví la vista hacia el presente y miré de nuevo hacia la panadería de la calle Martí y la dependienta me dijo adiós con una enigmática sonrisa.

Ese inesperado saludo de despedida —¿sería una premonición de que iba a perder a Rosita tras la

conferencia?–, la desbocada y maligna fantasía de mi hijo, la angustia brutal en la que vivía y el ojo pegajoso del joven mendigo, todo parecía conjurarse contra mí, que cada vez estaba más nervioso.
—Oye, mira, quiero unas palabras contigo.
Acabábamos de alcanzar la calle Durban y estábamos a la altura de la barbería, y el ojo de Camilo se había vuelto más pegajoso que nunca. Él cada vez representaba más para mí la angustia que me producía la incertidumbre de no saber cómo acabaría aquel día en el que todo me decía que iba a decidirse mi vida. Para colmo, Bruno, ajeno como todos los niños a los problemas de sus padres, continuaba con su fiesta particular.
—Papá, este señor me ha dicho que no tengo pollita.
—¿Estás seguro, Bruno?
—Y me ha dicho que tú también eres una niña.
—Oye, mira, quiero unas palabras contigo —le dijo el mendigo a Bruno.
Con la enésima repetición de su frase logró que se me cruzaran —como vulgarmente suele decirse— los cables. Que se dirigiera a Bruno era ya lo último que yo podía permitir.
—Oye, mira, quiero unas palabras contigo —insistió ante Bruno—, yo no he dicho nada de eso que tú dices que —balbuceó, estaba muy borracho—, oye niño, escucha esto: *boogie-woogie*.
—Sí lo has dicho —dijo Bruno, y entonces él le estiró del brazo. Me dije que hasta ahí podíamos llegar y le mostré al joven desamparado, de forma

amenazante, la palma de mi mano. Él se la quedó mirando con extrañeza, y luego le dio por ponerse a reír, como si acabara de leer un desdichado destino en las líneas de mi mano. No pude más, di un paso adelante y repetí mi gesto de amenaza, y Camilo al retroceder perdió el equilibrio y todo su cuerpo beodo cayó hacia atrás yendo a estrellarse contra la puerta de cristal de la barbería. De la sorpresa Bruno quedó mudo y paralizado, posiblemente dentro de unos años —pensé en ese momento— mi hijo contará este incidente en el diván del psiquiatra.

Salió en ese momento el barbero a ver qué pasaba, y nunca olvidaré de ese día memorable la cara de estupor del maldito Guedes al ver a Camilo en el suelo —loco de remate tras el golpe y musitando mareado *boogie-woogie*— y al verme a mí todavía con el gesto amenazante y la expresión muy agresiva. Se quedó tan sorprendido el barbero que no preguntó nada, se quedó allí entre perplejo e incrédulo ante lo que veía, la mano en el mentón, y era como si, pensando en mí, estuviera diciéndose: «Caramba con este tipo, le ha dado hoy por pelearse con todo el barrio.»

No sé cómo fue que, al reanudar el regreso a casa, subiendo por la empinada cuesta de la calle Durban y andando yo muy angustiado —iba preguntándome si al final no resultaría que aquel día no iba a ser tan decisivo como pensaba y, al término del mismo, lo único que en realidad habría ocurrido sería que habiendo cambiado de estilo literario no habría cambiado de vida, que era lo que en verdad era importante–, de pronto me inventé una teoría para no seguir de aquella forma y me dije si no sería que en realidad necesitaba de aquel dilema de amor para de esa manera poder sentirme vivo y ocupado en algo, es decir, pensé que tal vez el problema de mi incertidumbre amorosa me estaba en realidad protegiendo de otro mal mucho más grande, de otro mal cuyas dimensiones eran muy superiores, un mal al que ya era hora de que mirara de frente, ese mal que haría que, cuando yo muriera, murieran conmigo mis dudas y mi lucha conmigo mismo y con aquel eterno dilema amoroso que me destrozaba, y que también murieran conmigo –me dije– todas las pasiones de mi vida y mi curiosidad y mi tendencia a ser espía, es decir, que conmigo moriría todo, lo que sólo tenía una ventaja, una parte buena: el mundo obtendría con mi muerte una gran simplificación.

Pero aquella teoría, ese remedio que creía haber encontrado para tanta angustia provocada por mi dilema amoroso, era desde luego –no tardé en verlo– mucho peor que la enfermedad, y entonces seguí subiendo por la calle Durban pero de una forma aún más penosa que antes.

–Nada –me dije recordando unas palabras de mi padre–, en realidad no pasa nada. Después de todo, la muerte es morirse.

Pero sí que pasaba algo, la verdad era que peor no podía encontrarme, seguí subiendo por la calle Durban pero sintiéndome más que nunca un completo desgraciado.

Toda una suerte para mí.
Es sabido que todos los porteros —como los taxistas— son espías. Pues bien, el mío siempre fue una excepción a la norma. Al volver aquel día a entrar en el inmueble, siguió con la vista absorta en esta ocasión en la lectura de una novela —paradójicamente su título era *Siempre las mismas carteras desde Mata-Hari*—, no reparó para nada en que tenía yo la nariz medio rota.

—Buenas tardes —dijo contestando rutinariamente a mi saludo. No era hombre de muchas palabras, apenas hablaba con nadie. Sólo una vez le recordaba en conversación animada. Hablaba con un vecino de mi rellano y yo agucé el oído para disimuladamente oír qué decía, le estaba comentando lo raro que era el pasado del solar en el que se había construido el inmueble.

—Aquí después de la guerra —le oí decir— se levantaba un observatorio, no sé si lo sabía.

Ya en casa, a pesar de las prisas que tenía por acabar de preparar la conferencia, me entretuve prestando atención al contestador automático de mi teléfono, cedí a la atracción de su luminoso parpadeo en la oscuridad del pasillo. Había dos llamadas, una de Carmina diciendo que era muy raro que no estuviéramos Bruno y yo en casa, la otra procedía de Soria y me ofrecían cien mil pesetas «libres de impuestos» por hablar de la «muerte de la novela». Cien mil pesetas, no estaba mal. De paso, vería los álamos dorados y el Duero e iría a Numancia. Pero ¿qué diablos podía yo decir acerca de la muerte de la novela? ¿Diría la novela unas últimas palabras antes de pasar a mejor vida? Me imaginé a la pobre novela hablando como aquel actor de un *western* de Nicholas Ray que, al ir a morirse, pronunciaba estas últimas palabras: «¿Qué importa lo que pueda deciros si sólo soy un personaje secundario?»

Me divirtió imaginar este título para mi conferencia soriana: «La novela vista como una actriz secundaria.» Después, me pregunté si habría espías en Soria o estarían todos escondidos entre las ruinas de Numancia. Encendí un cigarrillo y me pareció que acababa de hacer un gesto típico de espía. Una gabardina, unas gafas negras y un discreto paraguas asesino. Sólo necesitaba eso para disfrazarme de espía y dar mejor la conferencia de aquella noche. La esencia misma del espionaje era el engaño, de modo que sería perfecto dar la conferencia disfrazado. Me dije que a Soria también iría disfrazado, en este caso de actriz secundaria, o tal vez de álamo dorado. Ya se vería, pero en todo caso a partir de aquel día iría disfrazado a todas las conferencias que tuviera que dar. Me estaba diciendo esto cuando vi que Bruno me estaba espiando en silencio desde el umbral de la puerta de su cuarto. Su mirada, aparte de que parecía un homenaje a la permanencia impertinente de los niños en los umbrales –esa permanencia subversiva que tanto irrita a los padres–, era una mirada

compasiva, como si hubiera adivinado los planes que acababa yo de hacer.
—Estás castigado, no se te olvide —le dije.

Pensé entonces en el joven desamparado y enseguida vi muy fácil, sencillísima, la continuación de mi conferencia. No necesitaba ni siquiera volver a encerrarme en mi estudio. Me la ofrecía la calle Durban, del mismo modo que hasta aquel día la calle se había dedicado a ofrecerme historias trágicas y realistas. ¿Por qué no decirle al público de la calle Verdi que en el barrio teníamos de todo —tal como rezaba, alentada por un banco, la machacona propaganda de sus comercios—, y que por tener teníamos hasta a un joven que, disfrazado de mendigo, rendía un homenaje constante al primer espía literario, a ese bardo llamado Odiseo que, en el capítulo cuarto del libro de Homero, se disfrazaba de mendigo y conseguía una información muy valiosa en una ciudad troyana? Y, puestos ya a decir, ¿por qué no, inventando también —me dolía el golpe en la nariz, quería vengarme—, revelar a todo el público de aquella sala de Gràcia que el calendario publicitario del barbero de la calle Durban delataba, con sus conejos blancos y su nieve tan suiza, una irremediable nostalgia por no haber sido el jefe del contraespionaje de la CIA, el director de la célebre unidad «ultrasupersecreta nieve profunda»?

Allí mismo, de pie junto al teléfono en la oscuridad del pasillo, recordé el día —lo contaría en la conferen-

cia– en que hablando de fútbol con un amigo mexicano de paso por Barcelona, haría de eso cinco años, se produjo una interferencia en la línea telefónica y de pronto entramos de lleno en una extraña –al menos para mí– conversación entre dos desconocidos.
    –¿Tarantini?
    –Sí, el mismo.
    –¿Es usted?
    –Soy Tarantini.
    –Escuche bien. Paloma. ¿Repito?
    –No hace falta. Paloma. Por cierto, ¿averiguaron algo más sobre esa mujer?
    –Nada, una puta como pensábamos.
    –Lo imaginaba.
    –Doce, cuarenta y tres, dos. ¿Repito?
    –Por favor.
    –Doce, cuarenta y tres, dos.
    En ese instante mi amigo mexicano dejó de hablarme de Hugo Sánchez y dijo que colgaba y volvía a llamar, pues con aquella interferencia no había forma de conversar tranquilos. Cuando volvió a comunicar conmigo, le reproché que se hubiera precipitado al colgar.
    –¿Qué decían? –me preguntó él–. La verdad es que no he entendido nada. No sé qué de Paloma y luego un número de teléfono...
    –¿Cómo quieres que cinco cifras sean un número de teléfono? No, era un mensaje cifrado.
    –Bah, estás loco o tienes ganas de reírte de mí –dijo, y volvió a hablarme de Hugo Sánchez.
    –Era un mensaje en clave, estoy seguro.

—Veo que no has perdido tu sentido del humor. Yo hablaba en serio. Había anotado los números en mi bloc de notas. Después de interrumpir bruscamente una conversación sobre fútbol que había dejado de interesarme, colgué. Fui a la cocina mientras memorizaba el número. Doce eran los apóstoles, cuarenta y tres mi edad, dos eran los años que cumplía Bruno aquel día. Cuando ya estuve seguro del todo de que no se me olvidaría el mensaje cifrado, disfruté jugando a agente secreto. Encendí el mensaje en el fregadero, dispersé sus cenizas en el chorro del grifo y hasta limpié con detergente los rastros amarillos y pardos adheridos al esmalte. Miré el reloj, eran las once de la mañana, tenía el tiempo justo. Porque seguro que el número doce significaba la hora de aquella mañana en que debía personarse Tarantini en el lugar de la cita, ese lugar al que se llegaba en el autobús de la línea cuarenta y tres que salía de la calle de la Paloma —al confirmarlo en mi *Guía del ciudadano* pensé que no podía ser una simple coincidencia, sentí una emoción indescriptible—, ese lugar al que se llegaba bajándose uno de la línea cuarenta y tres en la segunda parada.

No perdí el tiempo, tomé una cartera y me puse unas gafas negras y me dirigí a la calle de la Paloma, junto a la Casa de la Caritat. Allí tomé el autobús y me bajé en la segunda parada, en la confluencia de las calles Viena y Gravina, donde había un bar con terraza, una mercería y un restaurante italiano cerrado. Me senté en la terraza y desplegué un periódico, pedí un zumo de tomate, dejé la cartera bien a la vista −por si alguien quería intercambiarla con la suya− y durante un buen rato me dediqué a disfrutar sintiéndome espía. Había una entre cien posibilidades de que anduviera yo en la pista acertada; me parecía suficiente, me bastaba con esa remota posibilidad para sentirme alegre y hasta diría que plenamente realizado, sabía que hacía tiempo que necesitaba hacer una cosa como aquélla.

A la espera de movimientos sospechosos, y para entretenerme mientras tanto, los ocasionales transeúntes y los parroquianos de aquel bar se convirtieron en los compañeros −aunque ellos no lo sabían− de mi juego secreto. Todas sus frases pasaron a ser sospechosas, aunque yo sabía que no lo eran. Anotaba todas las que podía en mi bloc de notas. La frase, por ejemplo, del solitario que pretendía entablar conversación con el camarero y le dijo: «En este bar me vais a arruinar.» Cualquier frase podía ser una contraseña: El comentario, por ejemplo, de un transeúnte a otro: «Mi mujer no tardará en llegar a casa, y habrá entonces demasiada gente allí.» La frase de un parroquiano a otro: «Las leyes están cambiando.» Hasta una bandada de palomas que apareció de pronto y giraba sobre el tejado de una casa y viraba dibujando una mancha clara, todo adquiría −de así quererlo yo− cierto aire sospechoso.

El problema llegó cuando dieron las doce y media y seguía sin pasar nada verdaderamente llamativo. Es más, empecé a convertirme yo en sospechoso. Dos zumos de tomate, una ensaladilla rusa, un periódico leído de arriba abajo y vuelto a leer. Un parro-

quiano me pidió fuego y parecía que quisiera investigar el motivo de mi presencia allí. Otro, de pronto, se quedó mirando fijamente mi cartera, pero dejé enseguida de inquietarme al ver que el pobre estaba simplemente borracho, tenía la fijación propia del que está ciego de alcohol. Una nueva bandada de palomas me pareció ya fuera de toda sospecha. Y en fin, que se apoderó de mí una repentina tendencia al bostezo. Pagué antes de que me durmiera allí mismo, mi misión secreta había terminado. Enfilé la calle Gravina y al llegar a Pelayo, ni remotamente podía esperarlo, descubrí entre el gentío a Rosita, que se disponía a enfilar Gravina. Me escondí como pude y luego la seguí y la vi pasar sin detenerse por la calle Viena e ir al encuentro de un joven árabe al que yo había visto pasar antes por delante de la terraza de mi bar. Se abrazaron, se besaron, riendo se dijeron algo al oído, volvieron a besarse y se perdieron por la calle del Pozo. ¿No quería yo averiguar algo? Pues ya lo había averiguado. No tenía mucho que ver con la llamada que hablaba de Paloma, pero gracias a ella ahora sabía con quién me engañaba Rosita por las mañanas. Deprimido, volví a la calle Pelayo a buscar un taxi. Mientras lo buscaba, hablé conmigo mismo.
—Por cierto, ¿averiguaron algo sobre esa mujer?
—Una puta como pensábamos.

Me dije que contaría todo esto por la noche en la conferencia, pero que naturalmente cambiaría el nombre de Rosita por otro, por el de Ramona, por ejemplo, que hasta quedaba gracioso. Y mientras me decía esto, todavía allí de pie en el pasillo, y a pesar de que podía acabar faltándome tiempo para organizar la conferencia, me dio por pensar en mi afición siniestra del último verano, mi afición a exterminar hormigas con la pistola de encender el gas. ¿Por qué me puse de repente a pensar en algo así? Imposible responder, en realidad todo lo que ocurre en nuestra vida ocurre sin un porqué. Desde que Dios no existe, desde que no creemos que alguien nos observa, nuestra vida carece de finalidad. Mi hermano Máximo me hizo ver un día que el hombre de otros siglos, que conservaba el sentido religioso, creía que una divinidad lo estaba contemplando, y por consiguiente –como un futbolista ante la mirada rigurosa de ese gran espía, de ese ser superior que es el entrenador– intentaba dar una coherencia a los objetivos de ese juego que es la vida, para que estuviera conforme a la mirada de ese observador. Pero nadie superior nos ve y todo lo que ocurre en nuestra vida sucede sin un porqué. Por eso me resulta imposible explicar por qué de pronto, allí en el pasillo, cuando más prisa tenía por dejar ya de una vez lista la conferencia, me puse a pensar en mi afición criminal del último verano, me puse a pensar en cómo espiaba a las hormigas desde mi ridícula atalaya humana y me gustaba fulminarlas de una en una para que gozaran de una muerte propia y en cómo a más de una, jugando a ser para ella un dios invisible, le perdonaba la vida o, mejor dicho, retrasaba su sentencia de muerte, la observaba durante un buen rato y, si de pronto se ganaba mi simpatía o mi compasión, le concedía un día más de vida.

Pensar en sentencias de muerte aplazadas –esa actividad tan común en los melancólicos– me llevó a pensar en mí, que, según lo que decidiera o pasara aquella noche, sería alguien a quien ya no le quedaría ni un día más de vida, al menos de vida verdadera, esa que disfrutaban –pensaba yo– los que viven en feliz acoplamiento con la ley de su deseo. Pensar en sentencias de muerte aplazadas me llevó a recordar que debía terminar la preparación de aquella conferencia con la que yo, actuando como una vulgar Scherezade, me engañaría a mí mismo creyendo que era posible suspender la sentencia de Rosita y conmoverla a fondo con mis palabras y que el eco de las mismas la acompañara a partir de entonces como un rumor cálido y secreto a lo largo de los muchos años que –salvo que le ofreciera en la sala Verdi la cabeza de Carmina– estaríamos sin vernos.

Estaba diciéndome esto cuando se infiltró en mis pensamientos un recuerdo desagradable, el del día en que, recién acabados de conocernos, le dije a Rosita en la terraza de un bar de Pedralbes:

–Te amaré siempre.

Una ingenuidad, estaba deslumbrado por ella. Sería un alivio decir que en realidad no era sincera mi declaración de amor, pero no puedo decirlo, había caído fulminado por sus encantos. Además yo, en aquellos días, era enamoradizo, buscaba la mujer de mi vida. No puede decirse que haya cambiado mucho, aunque he perdido ingenuidad, me resigno a aceptar la grisura de los sentimientos, me conformo con la tristeza, soy un enamorado desesperado.

Rosita acercó sus labios a los míos y, tras arañarme con una uña, me dijo:

—Yo te amaré, si quiero, a las seis de la tarde del próximo miércoles.

Estaba tratando de borrar el recuerdo desagradable de aquel día cuando oí el rumor de las llaves de Carmina que se disponía a entrar en la casa. Me dirigí con toda rapidez a mi estudio, dispuesto a simular que estaba trabajando en mi novela realista y que, por supuesto, casi ni me acordaba de que debía dar una conferencia sobre la estructura mítica del héroe.

Ya en el estudio, inquieto por lo que podían depararme los acontecimientos, enloquecido de locura, me dejé obsesionar por la idea de que aquel gabinete de trabajo debería ser distinto de lo que era, debería estar repleto de papeles confidenciales con todo tipo de señales cifradas, con la ventana siempre cerrada y las cortinas corridas. Hubiera dado cualquier cosa en aquel momento para que eso fuera así y yo poseyera, por ejemplo, todo tipo de informes sobre la vida y milagros de, como mínimo, seis millones de personas, Cataluña entera por ejemplo. En otras palabras, ser un espía auténtico, no un pobre espía y exterminador de hormigas.

Ya digo, estaba enloquecido de locura, nervioso por si toda mi vida se decidía en las dos siguientes horas, no paraba de preguntarme qué me depararía el destino cuando en realidad era yo el que debía decidirlo. Me vino a la memoria algo que un día me dijo Carmina: «Cuanto más se ama a una mujer más cerca se está de odiarla.» ¿Qué habría querido decir exactamente con eso? ¿Se refería directamente a mi mal disimulada pasión por su hermana?

Me senté ante el escritorio, dispuesto a hacer como que andaba trabajando en un difícil párrafo de mi saga realista sobre las desgracias de la calle Durban. Estar simulando que estaba escribiendo me permitió seguir pensando, pensando en que sería ideal que aquél fuera el despacho de un espía verdadero. No lo era ni de lejos. La ventana estaba abierta y a merced de las furtivas pero certeras miradas de los vecinos del barrio. No, aquel estudio no era la guarida secreta de un espía. A falta de eso, comencé a prepararme para aparecer ante mi espejo como un perfecto agente secreto. Acababa de trasladar al estudio la gabardina, las gafas negras y el paraguas asesino. ¿Me faltaba algo más para disfrazarme? Tal vez tener de novia a Mata-Hari o ser un espía auténtico. Pero tampoco era cuestión de avergonzarse de no serlo.

Me imaginé bajando, media hora después, por la escalera de mi casa, dudando todavía acerca de lo que podía ser más conveniente para mi vida. Me imaginé bajando por la calle Durban con mi disfraz de espía oculto dentro de la cartera que utilizaba para las conferencias. Me cambiaría en el lavabo de la sala de la calle Verdi. Daría la charla sin quitarme en momento alguno las gafas negras y la gabardina, el paraguas asesino sobre la mesa. Cuando terminara la conferencia, sintiéndome muy seguro de mí mismo gracias a mi atuendo de agente secreto y de hombre duro, iría hasta donde estuviera Rosita y, antes de fugarme con ella, me despediría del público con una frase ingeniosa en torno al amor. «Palabra de espía», les diría: «La duración de nuestras pasiones depende tan poco de nosotros como la duración de nuestra vida.»

Me imaginé todo esto, allí en el estudio, y después me dije que seguro que andaba en lo cierto cuando sospechaba que los escritores de verdad siempre fueron unos consumados espías. Y me dije que yo mismo, en aquel preciso instante, era un claro ejemplo de eso, pues estaba viviendo una doble vida, una vida de espía y al mismo tiempo una vida de escritor enamorado –como todos los agentes dobles– de dos hermanas, de dos mujeres muy distintas, de dos territorios enemigos.

Cerré la ventana de mi estudio y corrí las cortinas. Ya se había hecho de noche fuera, se hizo de noche en mi estudio. Cada vez me sentía más espía. Y me dije que claro que sí, que no andaba equivocado cuando pensaba que eran muchos los escritores que, al igual que los espías, llevaban una extraña forma de vida, pues eran personas que se sentían muy solas en sus oscuros despachos, en sus puestos de observación mientras imaginaban, con las cortinas cerradas, un número infinito de tramas que tenían todas lugar fuera de allí.

En ese momento irrumpió Carmina en el estudio, llevaba a Bruno cogido de la mano. Parecía algo nerviosa, alterada.

—¿Por qué has cerrado las cortinas? —preguntó y, sin esperar la respuesta, dijo—: Bruno quiere que vayamos a tu conferencia, dice que hablarás de espías. ¿Es verdad?

Me revolví, yo también nervioso, en mi asiento. Simulé que acababa de interrumpirme la escritura de un párrafo importantísimo.

—Perdón, ¿qué dices?

Había ella empezado a sospechar algo.

—Que vamos a tu conferencia —me dijo—. Bruno y yo. Estarás contento... Nunca voy a escucharte. Me encanta el tema de los espías.

Era evidente que hablaba con cierto cinismo, su intuición le decía que Rosita podía estar entre el público o a la salida de la conferencia. Quedó claro cuando me preguntó si había sabido algo más de su hermana.

—Por favor, estoy escribiendo —dije—. ¿Qué es eso de los espías?

—Bruno dice que la conferencia será sobre espías, me parece muy interesante. ¿Contarás que yo te prometí espiarte siempre, toda la vida?

—El niño —dije con la voz más autoritaria que encontré— está castigado, porque hoy no para de inventarse cosas. No puede salir de casa hasta mañana. Está castigadísimo.

Bruno rompió a llorar. Desde que había llegado su madre había vuelto a las andadas, había vuelto a mirar sólo al suelo. Mientras lloraba, aún lo miraba más.

—No se ha ganado un cachete por puro milagro.

Pero si hasta ha llegado a decirme que lo habían violado. ¿Tú crees que es normal? –dije en un tono muy persuasivo.

Empezaron a sonar convincentes mis palabras.

–Entonces, ¿no es verdad que vayas a hablar de espías?

–Pero, por favor, ¿cómo puede ser verdad una cosa así? ¿No ves que no para de inventarse memeces?

Carmina reparó en ese momento en mi nariz roja e hinchada.

–Oye, ¿qué es eso? –preguntó.

–Ya ves, un pobre escritor magullado.

Sigo siendo un pobre escritor magullado. Aquí en Premià, sentado a la sombra de esta morera centenaria que le oyó pronunciar un día al *voyeur* de la hostia la palabra «mandarina». Aquí en Premià, donde llevo semanas escribiendo sobre el recuerdo del día más decisivo de mi vida. No puede existir forma más extraña de vida que la del que escribe un libro, sobre todo si se dedica a hacerlo sobre el recuerdo de un día en el que bajó una escalera y descendió por la calle Durban y dio una conferencia y, en el espacio de una hora, sentenció para siempre su destino. Extraña forma de vida la del que escribe obsesivamente sobre un día en el que dio una conferencia y, cuando pensaba o soñaba que todo iba a cambiar en su vida, nada cambió. Porque si bien es cierto que ese día el conferenciante cambió, por ejemplo, de estilo literario, no menos cierto es que pocas novedades más aportó aquel día que él sin embargo juzgó siempre decisivo. Por temor a que en cualquier momento irrumpieran su mujer y su hijo en la sala de la calle Verdi, se dedicó a disertar sobre la estructura mítica del héroe, y Rosita, a mitad de su triste discurso, le interrumpió y, ante todo el público, fue hacia donde estaba él y le dio un beso mortal de despedida dejándole prisionera el alma del recuerdo de un día que hoy llora todavía.

—Adiós —le dijo ella—. Cántales después «Extraña forma de vida».

Y el conferenciante, hundido por no haber mandado al Callejón del Gato al héroe clásico, se quedó a solas con su magullada escritura mítica, se derrumbó sobre el pupitre y no acabó la conferencia. Después, el pobre Cyrano de la nariz magullada regresó a su hogar y preguntó qué había para cenar. Le dieron unas croquetas de pollo y, mientras las comía, le dijo a su hijo, conteniendo el llanto, que ya no estaba castigado.

Hoy aquí en Premià, a la sombra de esta morera centenaria, cuando vuelvan del cine Carmina y Bruno, también comeremos croquetas. Mi hijo no sólo ha dejado ya de mirar al suelo, sino que quiere ser director de cine. Comeremos croquetas y me contarán la película que han visto y yo me aburriré deliciosamente con ellos y, mientras me cuentan sus estúpidas impresiones sobre lo que han espiado en la pantalla, me quedaré recordando otro día tan memorable como aquel sobre el que llevo tantas semanas en secreto escribiendo, otro día en el que tampoco pasó nada pero que tampoco he olvidado, porque ese día descubrí que existían mujeres capaces de hacer feliz a un hombre y que la cuestión estaba en saber por cuánto tiempo.

Ese otro día yo tenía una cita con una chica fácil, una chica apellidada Onetti. Estuve largo rato aguardando su llegada, hasta que de pronto apareció una Onetti ligeramente distinta, una muchacha que no era la que esperaba.

—Mi hermana me manda decirte que está enferma y no podrá venir.

—Bueno, estás tú —dije.

—Sí, pero yo no soy una mujer para un solo día.

—Más o menos, ¿para cuánto tiempo eres?

—Para toda la vida —contestó Carmina.